加速世界

13 灘頭的號砲

川原 礫

插畫／HIMA

「……很遺憾，黑之王並不在這個對戰空間裡。」
Aqua Current
黑色軍團「黑暗星雲」旗下的超頻連線者。
「我們是超頻連線者。所以要用拳頭與鬥志來交談！」
Ardor Maiden
黑色軍團「黑暗星雲」旗下的超頻連線者。
「你們之所以攻打的理由……是為了和黑之王Black Lotus戰鬥？」
Silver Crow
黑色軍團「黑暗星雲」旗下的超頻連線者。

「嗯嗯……！」
Ochre Prison
打破停戰協定而跑來挑戰的紅色軍團「日珥」旗下超頻連線者。
「我對嘴上空談的藉口沒興趣！」
「沒錯！來進攻這裡，是我們的意思——！」
Peach Parasol
打破停戰協定而跑來挑戰的紅色軍團「日珥」旗下超頻連線者。
Blaze Heart
打破停戰協定而跑來挑戰的紅色軍團「日珥」旗下超頻連線者。

「…………」
「…………」
「你、你這傢伙，趕快給我弄回來！小心我扁你！」
Blood Leopard
冰見晶
仁子

——梅鄉國中校慶的一幕——
「哎呀，弄成這樣，晚點可得小小處罰你一下了。」
「這樣，有點，害羞說……」
綸
楓子
四埜宮謠

綸
就讀貴族女校的
超頻連線者少女。
對戰時意識主導權
會轉移到哥哥
「Ash Roller」身上。
「……對不起，有田同學。
對不起……楓子師父……
我……我的對戰虛擬角色，
在昨天，被ISS套件……
寄生了……」

「BRAIN BURST」中對戰虛擬角色的「屬性」

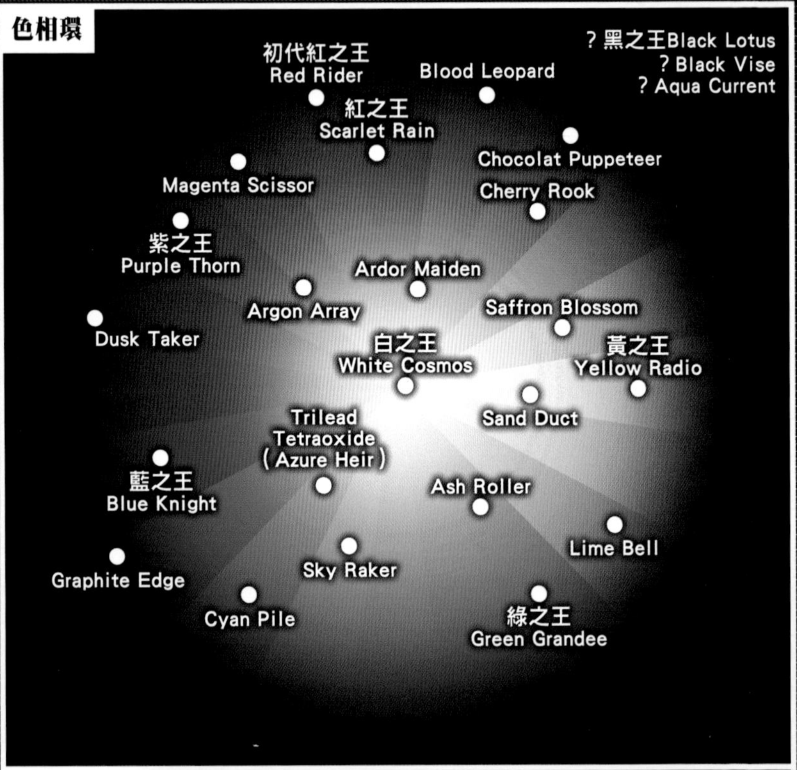

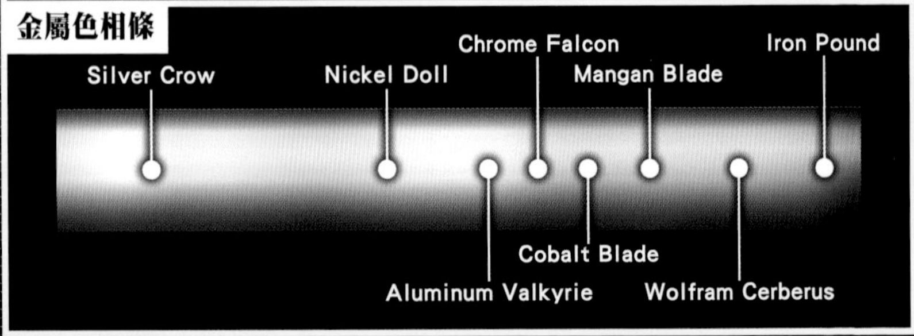

由系統自動賦予超頻連線者的英文名稱中，都會包括一個表示顏色的單字。「藍」色系擅長近距離直接攻擊，「紅色系」擅長遠程直接攻擊、「黃色系」擅長間接攻擊。而紫色與綠色這類介於上述三原色之間的顏色，則具備橫跨兩種色系的屬性。

另外，落在「金屬色相條」上的虛擬角色，則是強在防禦面而非攻擊能力。

加速世界

Accel World

13 灘頭的號砲

川原 礫

插畫 / HIMA

Kadokawa Fantastic Novels

■黑雪公主＝梅鄉國中的學生會副會長，是個清純又聰慧的千金小姐，真實身分無人知曉。校內虛擬角色為自創程式「黑鳳蝶」，對戰虛擬角色為「黑之王」＝「Black Lotus」（等級９）。
■春雪＝有田春雪。梅鄉國中二年級生，體型略胖，遭人霸凌。對遊戲很拿手，但個性內向。校內虛擬角色為「粉紅豬」，對戰虛擬角色為「Silver Crow」（等級５）。
■千百合＝倉嶋千百合。跟春雪從小就認識，是個愛管閒事又活力充沛的少女。校內虛擬角色為「銀色的貓」，對戰虛擬角色為「Lime Bell」（等級4）。
■拓武＝黛拓武。跟春雪及千百合從小就認識，擅長劍道，對戰虛擬角色為「Cyan Pile」（等級５）。
■倉崎楓子，曾參加上一代「黑暗星雲」的資深超頻連線者。前「四大元素(Elements)」之一，司掌風。因故過著隱士般的生活，但在黑雪公主與春雪的勸說下回歸戰線。曾傳授春雪「心念」系統。對戰虛擬角色是「Sky Raker」（等級８）。
■謠謠＝四埜宮謠。參加上一代「黑暗星雲」的超頻連線者。名列「四大元素(Elements)」之一，司掌火。是松乃木學園國小部四年級生。不但能運用高階解咒指令「淨化」，還很擅長遠程攻擊。對戰虛擬角色為「Ardor Maiden」（等級７）。
■Current姊＝正式名稱為Aqua Current，本名冰見晶。是前「黑暗星雲」旗下的超頻連線者「四大元素（Elements）」之一，司掌水。人稱「唯一的一（The One）」，從事護衛新手的「保鏢（Bouncer）」工作。
■Graphite Edge＝本名不詳。是前「黑暗星雲」旗下的超頻連線者「四大元素（Element）」之一，真實身分至今仍然不詳。

■神經連結裝置＝以量子無線方式與大腦連線，透過影像與聲音等方式，對所有感官都能提供訊息的攜帶型終端機。
■BRAIN BURST＝黑雪公主傳給春雪的神經連結裝置內應用程式。
■對戰虛擬角色＝玩家在BRAIN BURST內進行對戰之際所控制的虛擬角色。
■軍團＝Legion。由多名對戰虛擬角色組成的集團，以擴張占領區域及確保利權為目的。主要軍團共有七個，分別由「純色七王」擔任軍團長。
■正常對戰空間＝指進行BRAIN BURST正規對戰（一對一格鬥）用的場地。儘管有著直逼現實的高規格重現度，但遊戲系統則與上個世代的格鬥遊戲相差無幾。
■無限制中立空間＝只允許４級以上對戰虛擬角色進入的高等級玩家用場地。其中的遊戲系統規模遠超出「正常對戰空間」之上，自由度比起次世代ＶＲＭＭＯ遊戲也毫不遜色。

■運動指令體系＝用以控制虛擬角色的系統，正常情形下對於虛擬角色的控制都由這個系統處理。
■想像控制體系＝透過堅定想像意念（Image）來控制虛擬角色的系統。運作機制與正常的「運動指令體系」大不相同，只有極少數人懂得如何運用，是「心念」系統的精要。
■心念（Incarnate）系統＝干涉BRAIN BURST的想像控制體系，引發超越遊戲格局之現象的技術。又稱做「現象覆寫（Overwrite）」。

■加速研究社＝神祕的超頻連線者集團。不把「BRAIN BURST」當成單純的對戰遊戲而另有圖謀。「Black Vise」與「Rust Jigsaw」等人都是這個社團的成員。
■災禍之鎧＝名喚Chrome Disaster的強化外裝。一旦裝備上去，就可以使用吸取目標ＨＰ的「體力吸收」與透過事前運算來閃避敵方攻擊的「未來預測」等強力技能，但鎧甲擁有者的精神會遭到Chrome Disaster汙染，進而完全受到支配。
■Star Caster＝Chrome Disaster所拿的大劍，有著凶惡的造型，但原本的外形可說名副其實，是一把意象莊嚴，有如星星般閃閃發光的名劍。

■ISS套件＝ＩＳ模式練習用（Incarnate System Study）套件的縮寫。只要用了這種套件，任何超頻連線者都能夠運用「心念系統」。使用中會有紅色的「眼睛」附在虛擬角色的特定部位上，散發出來的黑色鬥氣就是象徵「心念」的「過剩光(Over Ray)」。

■「七神器」(Seven Arcs)＝指「加速世界」中七件最強的強化外裝。包括大劍「The Impulse」、錫杖「The Tempest」、大盾「The Strife」、形狀不詳的「The Luminary」、直刀「The Infinity」、全身鎧「The Destiny」與形狀不詳的「The Fluctuating Light」。

■「心傷殼」＝包覆對戰虛擬角色根源所在之「幼年期精神創傷」的外殼。據說若外殼格外堅固厚重，安裝BRAIN BURST後便會塑造出金屬色的對戰虛擬角色。

■「人造金屬色」＝不是從玩家的精神創傷中自然誕生，而是由第三者加厚其「心傷殼」，人為創造出來的金屬色虛擬角色。

■「無限EK」＝無限Enemy Kill的簡稱。指在無限空間因強力公敵導致對象虛擬角色死亡，經過一段時間復活後再次被殺，陷入無限地獄的迴圈。

▶▶▶ Accel World

1

亂鬥模式是「BRAIN BURST」正常對戰模式當中的一種，擴大了格鬥遊戲的框架，有著濃厚的戰鬥遊戲色彩。

有些什麼樣的超頻連線者，待在對戰空間的什麼地方，這些資訊都得透過直接目視，或是接近到十公尺以內才會知道。導向游標當然還是有作用，但也只會指出距離最近的敵人所在的方向，實際進入打鬥之後就會消失。

所以在跟眼前的對手展開激戰，打到一半卻突然有新的超頻連線者跑來插手，這樣的情形也是非常有可能發生的。甚至應該說，這種情勢轉變正是亂鬥模式最精髓的樂趣所在。

現在也就是二〇四七年六月二十七日下午六點突然開始的這場對戰裡，春雪就和已經是熟面孔的機車騎士「Ash Roller」接觸，然後身為對戰發起人（Starter）的超硬金屬色角色「Wolfram Cerberus」就跑來插手。

在這場合計已是第三次跟他交手的激戰中，春雪被Cerberus的擒拿招式逼得陷入苦戰，但仍然使出必殺技「頭錘（Head butt）」而勉強掙脫，順勢拖著Cerberus飛到高空，等於將死了對方。

但這時又有人跑來插手，改變了戰鬥的走向，這人就是外號四眼分析者(Quad Eyes Analyst)的神祕女性型虛擬角色Argon Array。以前春雪認為她帽子型部位上所配備的鏡頭只是用來掃描資料，現在卻射出威力驚人的雷射，射穿Silver Crow的翅膀將他擊落。

Argon對於疑似熟識的Cerberus也毫不留情地開火，連Ash都連人帶車遭到擊破，眼看整場亂鬥就要被她一個人搞得天翻地覆之際……

第三次有人插手，再度顛覆了戰況。

「要輸給1級而扣掉一大堆點數的人，是妳。」

一陣平靜中有著深沉魄力的嗓音，搖動了「冰雪」中飛舞的鑽石粉塵。

這個虛擬角色模樣十分特殊，全身籠罩在循環流動的透明水流之中。綠色軍團(Great Wall)旗下的超頻連線者「Olive Glove」也有著裹上一層油膜塗層的裝甲，但厚度完全不一樣。這些水從頭部潺潺流向四肢，劃出四道弧線又流回頭部，總體積多半與虛擬角色本體差不多。

纖細的腰身與流暢的曲線，讓這人看上去像個女性型角色。嗓音也稍稍偏女性，但由於看不清虛擬角色本體，春雪也不敢肯定。

這個多半是「她」的對戰虛擬角色，投出利用場地寒氣製造出來的冰槍，妨礙Argon Array的雷射攻擊。無論是這臨機應變的創意，還是瞄準的精確度，都看得出她身經百戰，怎麼想都不覺得她是自己所說的1級玩家。

春雪膝蓋還跪在地上，先迅速看了看顯示在視野右上方的多條迷你體力計量表。計量表會根據離自身距離遠近來排序，所以顯示在最上方的計量表，是屬於在春雪懷裡癱瘓的Cerberus。跟春雪的打鬥，加上遭到Argon的雷射攻擊，讓他的體力已經剩下不到一成。其次則是陷入暈眩狀態，倒在稍遠處雪地的Ash。他也受到雷射攻擊，更被自己機車大爆炸所產生的範圍(splash)攻擊炸個正著，體力計量表同樣只剩不到一成。

而第三條計量表，就屬於這個神祕的流水型虛擬角色所有。

上面顯示的等級，和她所表現出來的冷靜沉著與充滿威嚴的作風相反，真的只有1級。春雪一口氣喘不過來，納悶她到底是什麼人，同時將視線轉到等級旁邊的虛擬角色名稱上。

「……Aqua Current……」

他覺得對自己輕聲唸出的這個名字很眼熟……不，是很耳熟。而且這個名字應該是他在一個非常重要的場面聽到的，卻又想不起是從誰口中，又是在什麼樣的談話過程中提到。

……不對。

他覺得耳邊聽到潺潺的水聲。

一股像是停滯的水路又開始流動一般令人舒暢的冰冷洗過腦幹，同時一種模糊的感覺，不，是一種確信，慢慢擴散開來。

「……我認識……」

我認識她。

不只是聽過名字。曾經，在一個地方……在不怎麼遙遠的過去，在同一個空間裡打過。不是互相為敵，是當搭檔。沒錯——是蒙她相助。當時自己面臨足以危及超頻連線者生命的重大危機，就蒙這位超頻連線者相助。

還不只是這樣……在臨別之際，還有一件更重要……

「……哎呀，真的害人家嚇了一跳呢。人家根本都沒想到妳竟然會在這種時候冒出來呀，可倫小妹妹。」

忽然聽到這樣一句話，讓春雪中斷了思緒。他立刻轉動視線，隨即看見Argon Array雙手扠腰，站在成了戰場的青梅大道南側大樓屋頂上。她的頭臉上半部都被大型的護目鏡罩住，只露出嘴的部分。她的嘴上還是一樣掛著美艷的笑容，但同時卻又像是流露出先前不曾表現出來的些許緊張情緒。

的確，即使扣掉狀似Argon Array同夥的Cerberus，現在的戰況也是三對一。照理說這樣的場面會變得劍拔弩張，但三人之中的春雪體力只剩下一成，Ash無法動彈，實質上幾乎與一對一沒有兩樣。

再加上Argon的體力計量表仍然全滿，等級又是高高在上的8級。她面對1級的Aqua

Current，到底有什麼需要提防的呢？

Current站在隔著青梅大道與Argon正對的另一棟大樓上，表情始終藏在流水裝甲之下，以依然平靜的嗓音回答：

「Array，我也沒想到我們會以這樣的方式重逢。」

從語氣與稱呼聽來，她們兩人似乎從很久以前就認識。Argon聳聳右肩回問：

「哼？那妳本來預料的是什麼樣的方式？」

「那當然，是賭上所有點數的……廝殺。」

Current將這句可怕的話說得輕描淡寫，對此Argon的反應也慢了一拍。她沉默了幾秒鐘之後——噗嗤一聲笑了出來。

「啊哈，啊哈哈哈。妳還是老樣子，就愛一臉正經的表情說笑。要是想跟我打生死鬥，妳就得先脫身才行。」

說著頓了一頓。

「從禁城的無限EK脫身。」

「……！」

一聽到這句話的瞬間，春雪立刻尖銳地倒抽一口氣。

在禁城陷入無限EK，也就意味著Aqua Current在無限制中立空間當中，和過去的Ardor

Maiden一樣，被封印在超級公敵「四神」之一的祭壇上。

但這種事情是不可能的！用來進入無限制空間的「無限超頻(Unlimited Burst)」指令，是得升到4級才能用。只有1級的Current不可能去得了禁城。

春雪吞了吞口水，等待Aqua Current回答。

但這名流水型虛擬角色似乎不打算繼續談話，水聲啪的一聲響起，踏上一步，右手指向距離三十公尺遠的Argon。

「今天我只從妳手上搶到點數就罷手吧。畢竟剩下的時間很少，聊天也聊夠了。」

「哎呀，不要那麼薄情嘛。我們好不容易才又見面耶？總有些話可以……」

Argon本來說得張開雙手，連連搖頭，帽子卻突然發出閃光。

原來她假意繼續交談，卻無預警地發射了雷射，而且還是兩門同時發射。紫色的超高溫熱線瞬間將空氣中的冰晶融化，劃出白色的軌跡襲向Current。

春雪甚至來不及喊出「卑鄙！」兩字。Argon Array的雷射攻擊最可怕的地方，就在於從發射到命中的時間間隔極短。等看到帽子上的鏡頭發光，下一瞬間就已經命中了遠在數十公尺外的目標。當然這速度比不上實際的「光速」，但仍然快得讓人怎麼想都只覺得和光速無異。無論春雪或Ash，甚至連有著天才級格鬥感覺的Cerberus都完全無從閃避。

所以春雪確信Current那纖細的身軀，將會連著流水裝甲一起被射穿，反射性地想撇開頭，然而……

視線即將撇開之際，瞥見的卻是Argon必殺的雷射掠過Current的身體，射穿後方極遠處一根冰柱的光景。

——她的超精密狙擊會射偏？

——不對，不是這樣！

覆蓋住Aqua Current全身的流水裝甲變得相當薄，身前卻出現了一個物體。在她伸出的右手前方飄在空中的，是個用水做成的立方體。這是一個邊長有五十公分的巨大水方塊。由於透明度高得驚人，若不是凝神觀看，幾乎看不出來。

想來Argon Array的雷射，就是被這個水方塊扭曲了軌道。也就是發生了光線折射的現象。連Cerberus的鎢裝甲都能熔解的高能量雷射，卻無法蒸發普通的水而產生折射。這當中的理由春雪並不明白，但只要有了這樣的招式，就等於Current有辦法完全擋住Argon的攻擊。1級與8級之間本來應該有著壓倒性的力量差距，但無論攻擊威力多強，不命中就沒有意義了。

「……好厲害……」

春雪在銀色面罩下發出無意識的自言自語。

他懷裡失去意識的Cerberus，也發揮了以1級玩家來說堪稱破格的實力，壓倒過許多中等級玩家——春雪當然也包括在內——但Aqua Current的實力卻讓他覺得更達到了完全不一樣的次元。她的風範與態度，都已經達到高等級玩家的領域。

而從先前Argon的口氣聽來，她和Current也是認識已久。若要說1級玩家有可能具備這樣的實力，那他想得到的唯一解釋，就是Current並非菜鳥（Newbie）而是老資格的玩家，但卻從以前就從來不曾升過級——

「哇～～可倫小妹妹妳好有心喔。竟然為了跟我打，還特地練出這樣的招式。」

春雪的思緒再度被含笑的說話嗓音打斷，眨了眨眼，仰望大樓上的Argon。

「妳的『理論純水』，的確連我的雷射都會白白穿透過去。可是妳這招應該不像看起來那麼簡單吧？應該必須對雷射的入射角做出非常精微的控制，沒錯吧？例如說……這樣如何？」

藍紫色的光條發出撼動空氣的嗡嗡聲延伸出去，卻不是走之前那種極細的直線軌跡，而是形成扇狀。原來Argon發射雷射時，還將帽子微微往旁搖動。

必殺的雷射剛像上次那樣碰上水方塊，就猛然往旁一彎。照理說應該會穿透水方塊，等射出方塊時已經整整偏開二十度以上，徒勞無功地從Current右側通過——但這次並不是這樣。

由於Argon「甩動」了雷射，讓雷射通過方塊之後，軌道仍然繼續偏開，微微掠過可倫的右手。

這次終於聽到嗤的一聲響，她苗條的右手冒出小小一道白煙。同時Current的體力計量表被打掉了一成有餘。

只是幾乎並未碰到的擦傷，就讓計量表減少這麼多，理由並非純粹來自雷射的威力。無論Current多麼具備老資格玩家的風範，體力終究只相當於1級的數值。也就是說，只要再挨十次、不，是九次同樣的攻擊，她的體力計量表就會輕而易舉地被打光。

春雪先想了想Aqua Current到底打算如何應對，接著才總算注意到一件事。

她利用水方塊來抵擋雷射的招式的確非常漂亮……但只靠那招，絕對贏不了Argon。BRAIN BURST是對戰格鬥遊戲，自古以來從未有哪一款格鬥遊戲能夠只靠防禦取勝。因為遠程攻擊與必殺技都有所謂的削血效果，無論看起來防禦得多完美，計量表都會一點一滴受到削減。Current不可能不知道這件事。

那麼她是打算從哪裡找出勝機呢？

——那還用說？當然就是我啊！

春雪咬緊牙關，痛罵自己的愚昧。

——笨蛋笨蛋，我這個大笨蛋！我在發呆看個什麼勁兒啊？其實早在剛剛可倫姊用折射方式抵擋第一次雷射攻擊的瞬間，就應該撲上去了。無論從顏色或攻擊方式來看，Argon Array都屬於遠程攻擊型，只要貼上去纏鬥，應該就能封住她的雷射攻擊。

——可倫姊，對不起，請再給我一次機會！下次我一定會盡搭檔的本分，跟妳配合！

春雪集中精神，並未注意到自己也自然而然把Aqua Current當成了老搭檔。

看來Argon的雷射不能連射，發射一次之後至少要花上三秒來填充能量。憑Silver Crow的衝刺能力，有這樣的時間已經夠他從馬路飛上屋頂和Argon扭打。

在等待下次射擊的時候，春雪注意到在他腕中陷入無法行動狀態的Wolfram Cerberus。

雖然目前還不清楚Cerberus和Argon的關係，但看來這個神祕的1級玩家，是受到「分析者」強烈控制。春雪不希望去想這個可能，但由於推測Argon應是「加速研究社」的幹部，Cerberus和這個企圖讓加速世界情勢陷入混沌的組織也就可能有關連。

沒錯，現在回想起來，先前春雪就和黑雪公主與楓子討論過Cerberus是「人造金屬色」的可能性。而人造金屬色計畫的基礎「心傷殼理論」，就是Argon Array所提倡的……

——可是……

——可是Cerberus，你剛剛確確實實說過，說如果這個世界上有什麼東西比勝敗更重要，那你會想看一看。我相信，不，我知道這才是你的真心。

春雪轉眼間在心裡對他說完這句話，隨即快速切換意識。

打倒Argon Array。即使在正規對戰中打贏，也只搶得走對Argon來說不痛不癢的點數，但相信仍然足以藉此表達自己的意志……可以爭一口氣。

他抬頭凝神仰望，看見內建在Argon帽子上的鏡頭發出了轉瞬即逝的微弱光芒，那是即將發射雷射的前兆。

這一瞬間，春雪將Cerberus留在雪地上，卯足全力蹬著地面起飛。儘管左邊翅膀剛才被Argon以雷射在金屬翼片上打穿一個洞，但如果只是五樓高的屋頂，相信一定飛得上去。不，是非得飛上去不可。

雷射發出嗡的一聲朝Aqua Current延伸。這次Argon也同樣在發射時微妙地轉動頭部，對抗Current的折射防禦。情形和先前一樣，未能完全偏開的光條掠過Current的身體，又打掉了她體力計量表的一成……

但這時春雪已經逼近到Argon所在五層樓建築的四樓高度。他要就這麼撲上去扭打，逼對方跟自己打地板戰。雖然他不想對女性型虛擬角色使用地板招式，但現在不是說這種話的時候了。這是Aqua Current為他製造的第一個，也是最後一個機會。

「唔，喔喔！」

就在春雪短聲大吼，正要衝完剩下的十公尺時。

Argon帽子上的鏡頭還留著發射完的餘光，將頭轉向春雪，護目鏡下的嘴唇嘻嘻一笑。

先前一直以為只是眼鏡的大型護目鏡鏡頭，發出刺眼的紫色光芒。

……難道說，她不只是帽子，連眼睛也能發射雷射？

在強烈的高頻震動聲響中發出的兩道光條，將春雪腦中閃過的預感化為事實。他閃無可閃，擋無可擋。

——不要怕！彈回去！

身兼他上輩及軍團長的黑雪公主嗓音，當然不可能是實際發出的聲音。

從Argon雙眼射出的雷射，穿過不到十公尺的距離射到春雪身上，所需的時間不到零點一秒。而且儘管黑雪公主確實以觀眾的身分進入這個空間，但她留在距離相當遙遠的高圓寺Look商店街，聲音不可能傳得到這裡。

但春雪仍然聽從這個迴盪在腦海中的聲音指示，在張開雙翼減速的同時，將雙手交叉在身前。

幾乎就在同時，間隔只有幾公分的兩道平行雷射，射中了他的腕部裝甲。

儘管Silver Crow好歹也是金屬色，先前右肩被雷射射中時，雷射卻輕而易舉地貫穿裝甲，對他造成重大傷害。然而這次不一樣，超高熱的能量在一陣推擠似的阻力中，化為一個大大的球體，停在他的腕部裝甲前方。

雙手手腕的裝甲，的確是Crow全身中與頭盔同樣最為堅固的部位，但他之所以能夠抵禦住雷射，並不是只靠防禦力。

是靠著他在短短一天之前才剛學會的特殊能力。一種能夠抵禦，不，是能夠折射所有雷射類攻擊的能力，名稱就叫做「光學傳導（Optical Conduction）」。

本來他應該還無法在實戰中駕馭這種能力。畢竟他過去還只成功發動過一次，而且當時他心無旁騖，根本不記得自己是怎麼動作，又是如何偏折雷射。甚至從這場亂鬥開始以來直到現在，他都完全忘了自己曾經學會這種特殊能力。

但這無疑就是春雪所剩下的最後一張王牌。

「嗚……嗚……」

春雪卯足精神力，努力抗拒眼看就要把自己燒得一乾二淨的超高能量洪流。

——不對，這樣不對。

——不可以抗拒。要接受、引導、解放光線。不是只能拒絕、阻斷的物理之牆，而是通往另一個世界的通道。這才是我達到的「鏡子的境界」，也就是對光線的以柔克剛——

春雪拋下恐懼，輕輕鬆開握緊的拳頭，想像將雙手從尖銳的指尖到手肘的部分，化為兩條導光管的景象。

腕部裝甲鏗鏘作響地變形。裝甲從中間線往左右張開，細長的水晶零件從露出的縫隙翻起。保持成球狀的雷射能量灌進左右兩跟棒狀結晶體，化為X字形發出光芒。

「……喝啊啊！」

春雪大喊一聲，雙手犀利地往左右一揮。

從棒狀水晶解放出來的能量，飛向後方的天空，在低垂的雷雲中開出兩個大洞後消失。

Argon看到必殺的雷射被他毫髮無傷地彈開，笑意終於從嘴邊消失。已經充電完畢的帽子鏡頭再度發出光芒。

如果護目鏡跟帽子可以交互發射雷射，照算下來間隔就可以縮短到一點五秒。光學傳導的特殊能力固然對雷射攻擊有著百分之百的抗性，但要是被她以這樣的間隔連發，實在很難全部抵擋住……

霹。

一聲堅硬的聲響響起。那不是雷射發射的聲響。是從道路對面飛來的冰針深深刺進Argon帽子上左邊鏡頭所發出的聲響。

「好痛……！」

分析者叫出聲音，身形一歪。緊接著正在帽子內部蓄積的能量產生爆炸，將左鏡頭炸得粉碎。威力強大的武器也是弱點，讓Argon的體力計量表減少了兩成以上。

這次——真的就是最後的機會！

「……！」

春雪立刻卯足全力振動雙翼。Silver Crow就像上了彈簧似的往前衝，逼近失去平衡的Argon。只要扭打在一起封住她的行動，應該就能分出勝負。

剩下五公尺……三公尺……正當春雪伸出的手指眼看就要碰上「分析者」薄薄的裝甲那一剎那……

「『Razzle Dazzle』！」

Argon喊出的話疑似是必殺技名稱。

帽子上剩下的一個鏡頭，加上護目鏡上的兩個，合計三個鏡頭發出排山倒海似的光量。那不是雷射，是往廣範圍發出閃光燈一般純白的光。

沒有受創的感覺，體力計量表也仍然維持剩下一成的狀態。但自極近距離暴露在這麼強烈的光線中，讓春雪的視野一口氣變得一片全白，只能依稀看到系統顯示的計量表與倒數讀秒。記得「Dazzle」這個英文單字的意思是「障眼法」，那麼這招多半名副其實，屬於不直接具備攻擊力的障眼法，但這種完全遮蔽住視野的性能，搞不好甚至凌駕在黃之王的必殺技「愚人的旋轉木馬」之上。

「嗚……」

春雪按捺住反射性想摀住臉的衝動，大大張開雙手，想碰碰運氣看能不能抓到Argon。但他只以左手手指頭輕輕擦過Argon的身體，整個人就倒栽蔥地摔在屋頂的冰雪上。

「嘻嘻，想對人家霸王硬上弓，你還早了一百年呢。」

Argon只留下這句輕聲細語，聲息就此隱去。所幸視野已經開始恢復，於是春雪坐起上身，用模糊的眼睛拚命四處張望，但這時已經哪兒都看不到「分析者」的身影。視野中再度顯示出來的導向游標，是指向躺在眼底青梅大道上的Wolfram Cerberus。

春雪心想冰雪場地中不能進入建築物內部，所以應該沒這麼容易從戰場脫身，還不死心地四處張望，結果就聽到一個不知道從哪裡傳來的聲音說：

「就算我本事再強，要同時對付兩個能抵擋光線攻擊的對手還是太吃力了。今天就先到此為止吧，反正時間很快就要到了。」

她說得沒錯，不知不覺間，剩下的時間已經不到一百秒。帶笑的嗓音乘著風送進春雪耳裡，聲音來源卻又迅速越離越遠。

「那我們改天再來玩玩吧，Crow，還有……可倫小妹妹也是。」

接著排在視野右上方的迷你體力計量表之中，就只有Argon Array的那條無聲無息地消失。亂鬥模式中的點數收支，是根據參加者等級、造成的損傷與所受的損傷值、打倒對手的額外加成等多種因素進行複雜的計算後得出。

就這次的對戰而言，春雪對Cerberus造成了相當多的損傷，但也被Argon打出了差不多大的損傷，大致上是不賺不賠。Argon也是一樣，儘管把春雪、Ash與Cerberus的計量表扣得亂七八糟，卻遭到1級的Aqua Current痛擊，總收支一樣是零。

至於Current，雖然被Argon的雷射打掉體力計量表的兩成，但她也用冰針破壞Argon的一個鏡頭，造成了等量的損傷，所以從等級來考量，應該已經從Argon身上搶走了一些點數。也就是說，她漂亮地達成了剛出場時的宣言。

春雪一邊在腦中計算著這些，一邊用總算完全恢復的雙眼尋找Aqua Current。然而在她先前所待的大樓上，卻看不到她的身影。

——難道說，繼Argon Array之後，連她也消失了？自己明明有那麼多話想問她。不，在問問題之前，更應該謝謝她救了自己。

春雪想到這裡，人還跪在屋頂上，就忍不住想大喊：「可倫姊～～～～～！」卻在即將開口之際聽到有個聲音從背後傳來。

「打得漂亮，說。」

「咦！」

春雪以雙膝為支點轉過身來，立刻就看到站在他眼前的，無疑就是那位特異的流水裝甲虛擬角色。發出潺潺流動聲的水膜下，可以看到一對泛青色的鏡頭眼微微發光。

「這、這個，我，呃，這個！」

剩下的時間是八十秒多一點。春雪一時間難以決定該從什麼說起，先維持跪坐姿勢雙手亂揮了一陣子，才想到什麼就說什麼。

「對、對不起！虧可倫姊出手幫我，把對方逼入下風，我卻中了這鬼障眼法……」

看到春雪劈頭就開始道歉，Current露出淡淡的笑意，發出水聲搖搖頭：

「不對，你表現得很好了。障眼法和逃命的本事本來就是那些傢伙的拿手好戲，這也不能怪你。而且，一旦你把Array……不，我是說一旦你把『分析者』逼到更危險的地步，也許已經被她用心念攻擊當場擊斃。要是面臨那種狀況，她動手不會遲疑。」

「心……心念……」

儘管聽得到說話聲音的範圍內沒有任何人在，突然聽到這個禁忌的字眼，仍然讓春雪不由得挺直腰桿。看到他這種反應，Current又微微一笑，說道：

「不說這個了，Crow。我想你在這個戰場上應該還有一件事非做不可。一件讓Argon Array不惜停止觀察，親自出手妨礙的事。」

「咦……啊、啊！」

沒錯，Current說得一點也沒錯。春雪被突然出現的Argon以雷射射穿翅膀，失去控制而墜落之前沒多久，就是想對突然出現在加速世界的天才超頻連線者Wolfram Cerberus，訴說一件非常重要的事。

「沒、沒錯……對不起，晚點我會好好跟妳道謝！」

春雪喊完後對Current一鞠躬，跌跌撞撞地舉步飛奔。他毫不猶豫地從大樓屋頂一躍而下，用受創的翅膀不穩定地滑翔，在青梅大道的正中央落地之後，立刻抱起還躺在那兒的Cerberus。

看樣子他尚未恢復意識。稍遠處可以看到Ash Roller已經從暈眩狀態恢復，在機車殘骸前面吶喊：「No～～～～！大爺我的愛車啊啊啊啊啊！」從這狀況看來，Cerberus的昏厥多半不是只因為受到傷害而造成的。

雖然很可能是上次對戰中發生過的「人格切換現象」，但現在他不只是頭盔部分，連雙肩的裝甲也沒有動靜。春雪看到時間只剩下四十秒，下定決心，搖著Cerberus喊他。

「Cerberus……你醒醒啊，Cerberus！」

如果覺醒的是左肩的「Cerberus Ⅱ」倒是還好，一旦叫出的是現階段一切不詳，（推測）宿在右肩上的「Cerberus Ⅲ」——也就是Argon稱之為「小三」的人格，實在不知道會發生什麼事。然而一旦錯過這個機會，根本不知道下次要等到什麼時候才有機會再和Cerberus接觸。而且即使能夠接觸，也沒有人能保證到時候遇到的是第一人格Cerberus Ⅰ。

「Cerberus……！」

也不知道是不是春雪拚命的呼喊終於起了作用……

Wolfram Cerberus那仿狼頭造型的護目鏡下，開始閃爍微弱的光芒。同時鎢裝甲下的身體猛然一顫。

「……Crow、兄……」

好不容易發出的聲音，毫無疑問是來自曾跟春雪三度交手的Cerberus Ⅰ。春雪正要鬆一口氣，又趕緊接著喊道：

「Cerberus，沒有時間了！可是，我還有更多話想跟你說！拜託，等這場對戰結束之後，請你立刻切斷全球網路連線，免得被Argon Array跑來插手，然後……」

春雪揮開一瞬間的遲疑，說出下一句話。

「……請你來現實世界的這個地方，來Look商店街的青梅大道方向入口！我在這裡等你！」

「……」

Cerberus並未立刻回答。

他並未點頭，也不做出任何其他反應，就只是盯著春雪的臉看。然而春雪卻在在感受到，這名小個子金屬色虛擬角色內側，有著渴望尋求解放的強烈情緒在翻騰。

視野上方倒數讀秒的秒數冷酷地減少。剩下二十秒。十五秒。

就在數字突入個位數的同時，春雪對一直不說話的Cerberus深深點頭，將臉朝向空中。

結果一個出乎他意料之外的光景映入眼簾。

佇立在青梅大道南側建築物屋頂的是流水型對戰虛擬角色Aqua Current。

而北側，也就是Current先前所站的建築物屋頂上，不知不覺間已經靜靜佇立著一個漆黑的輪廓。

這個輪廓有著刀劍狀的四肢，仿睡蓮花瓣造型的裙狀裝甲。纖細修長的軀體上，有著銳利的倒V字形面罩。是春雪的上輩，也是黑暗星雲的軍團長，黑之王Black Lotus。

她登記過要觀看Silver Crow的對戰，所以就在這場突發性亂鬥開始的同時，自動連線到了這個戰場上。然而即使身為不用擔心受到攻擊的觀眾，身為「王」卻在還弄不清楚狀況的情形下現身，所冒的風險未免太大，所以她才會留在出現地點所在的商店街北側。

然而現在儘管只剩下短短幾秒，她卻出現在那麼醒目的地方，到底是有什麼理由——

春雪不明就裡地繼續仰望，看到黑雪公主輕輕舉起右手。這個動作不是指向春雪。「終結劍（Terminate Sword）」鋒銳的劍尖，指著站在大道對面的Aqua Current。

但這個動作之中，並未包含絲毫敵對的含意。

不但不是敵對，更彷彿像是表現出黑雪公主的心意。表現出她想跨越對戰者與觀眾之間頂多只能接近到十公尺的限制……不，是想直接和她互相執起彼此的手。

Aqua Current似乎也有著同樣的感受，同樣舉起右手，以有著涓涓細流流落的手指頭指向Black Lotus。

就在這時，掩蓋整個對戰空間天空的雪雲開出小小一道縫隙，射下一道細細的夕陽餘光，在兩名各為漆黑與流水的對戰虛擬角色身上，照出同樣的橘色光芒。

一秒鐘後，倒數讀秒讀到零，【TIME UP!】字串在眼前靜靜燃燒。

2

回歸現實世界的瞬間，商店街的喧囂立刻從四周湧來，讓春雪不由得閉上眼睛。

高圓寺Look商店街從離梅鄉國中不遠的青梅大道路口，往北一路延伸到高圓寺車站附近，是一條歷史悠久的購物街。以仿紅地磚造型的透水磁磚鋪設而成的道路兩旁，有著琳瑯滿目的商店，有賣生鮮食品與雜貨的個人商店，有咖啡館與畫廊，更有著春雪也很常去的遊戲店。到了傍晚，連平日都會湧入許多購物人潮。

春雪把背靠在不遠處的一座路燈兼公共攝影機支柱上，摸索著關掉神經連結裝置的全球網路連線。正深深呼出一口氣，就有一隻手放到他頭上，接著耳邊聽到一個聲音說：

「你好努力。面對8級的『四眼分析者』，你打得非常漂亮。」

春雪猛然睜開一看，看見的當然是梅鄉國中學生會副會長，同時也身兼春雪「上輩」的黑雪公主那美麗的臉孔。她的笑容就和春雪在每個週末領土戰中打得活躍的時候一樣，顯得溫和又以他為傲，然而——春雪感覺得到她的眼神深處蘊含了另一種情緒。那是否是一種寂寞……不，是一種面對再也不會回來的事物所抱持的悲戚？

「……學姊……」

春雪任由黑雪公主將手放在自己頭上，一直看著她的眼睛。

這場漫長亂鬥的最終一幕，仍然深深烙印在他腦海之中。兩名超頻連線者從幹道道路的兩側互相伸出手，一邊是9級的王，另一邊則是個1級玩家。儘管實在很難想像1級的玩家會跟她有這麼深的情誼，但那幅光景看上去，就好像是一對生離的姊妹。

「……我說學姊，剛剛參加那場亂鬥的Aqua Current她……」

「……嗯……」

一聽到春雪小聲說出的這個名字，黑雪公主就輕輕放下右手，放低目光。看到她的表情，春雪莫名地遲疑起來，不敢直接問說這個人是誰。

他在腦海中將「學姊認識她嗎？」、「我也對她的名字很眼熟。」、「為什麼她才1級卻那麼強？」等諸多提問事項一再整理，最後腦中浮現出一張寫著「為什麼她會救我跟Cerberus？」的大字報，就在這一瞬間……

春雪總算想起自己先前做了一個很重要的約定。

「啊……啊，對、對不起，我得馬上過去一趟！」

聽到春雪突然大喊，黑雪公主也驚訝地抬起頭來。

「你說過去……是過去哪裡？」

「這、這……我在對戰最後，對Cerberus說了。說我在這商店街的入口等他，請他來一趟。」

「這……不，這，可是……」

春雪也看得出黑雪公主吞下了「這樣太危險」的這句話。

身為他的上輩與軍團長，會做出這樣的判斷也是理所當然。Wolfram Cerberus顯然與Argon Array關係匪淺，而Argon更疑似是那可怕的組織「加速研究社」的幹部。在這樣的狀況下，把現實身分暴露在Cerberus身前，得冒多大的危險，春雪也無法否認。

「……我明白，可是……」

春雪先點點頭，接著搖搖頭說下去：

「可是，他對我說過。說如果加速世界裡，有著比勝敗更重要的事物，他也想看一看……當初他還說他的存在意義就只有打贏對戰來賺點數……可是他透過跟我之間的對戰，感受到了某種東西。所以……所以，我……」

春雪還是老樣子，說到最重要的部分就先用盡了言語化能力，但看樣子黑雪公主仍然完全聽懂了他要說的話。她微微瞪大的漆黑眼眸，隨即變得像春季的夜空一樣和煦。

「是嗎?那我們走吧。」

「咦……難、難道學姊也去?」

「我會離遠一點，不用擔心。現在可沒空爭論了。」

她說的話的確沒錯。春雪以接近小跑步的速度，開始沿著商店街走向南邊。穿梭在來買東西的主婦與邊走邊談笑的學生群之間走了幾分鐘，就在去路上看到一座大大的牌門。這座據說是上個世紀中葉所蓋——當然經過多次修繕——的古典風格金屬製牌門下，應該就是最精準符合「Look商店街的青梅大道方面入口」這句話的位置。

目前還看不到狀似Cerberus的少年。雖說對戰結束後春雪和黑雪公主聊了一會兒，但考慮到雙方的出現位置，應該還是春雪先到。只要在這裡等待，大概……不，是相信他一定會來。到時候，我就可以好好跟他說。可以一起……

「為防萬一，我話先說在前面。」

春雪正要朝牌門走去，卻被一隻從後伸來的手按住肩膀。轉身一看，黑雪公主臉上露出了有些奇怪的表情。

「學、學姊？」

「這個，你還是得先想到有這個可能性。就是Cerberus……不是男生的情形。」

「啥……咦、咦咦咦？」

「你太大聲了……我也覺得不太可能，但之前也有過你的仇敵Ash Roller的例子。」

黑雪公主對「仇敵」兩字略加強調地說完，就放開了手。

的確，加速世界的Ash用的第一人稱是「大爺我」，是個男性化到了極點的男性型世紀末機車騎士。但在現實世界當中，卻是個名叫日下部綸的女生，個性乖巧到了極點。據春雪所知，她是唯一性別逆轉的超頻連線者，但既然能有一個例外存在，也就表示永遠都可能有第二個案例存在。

「從特殊度來看，Cerberus跟Ash兄的確有得拚啊……我明白了，我會小心。」

春雪點頭答應，但如果對方真的是女生，他能不能在初次見面時就跟對方好好交談，也就非常令人懷疑。何況是處在知道黑雪公主就在附近看著的情形下，極有可能會陷入全身僵硬、大量盜汗的狀態，只發得出五十音當中母音是A的那一行。

也不知道黑雪公主是不是看穿了春雪的心境，只笑著對他說了一聲：「加油」，就搶先一步走向商店街入口，進入牌門東邊一家速食店。她多半是想隔著玻璃監視……不，是觀望整個情形。

春雪只剩自己一個人，深呼吸好幾次之後，下定決心開始往前走。走了幾十步就抵達牌門的正下方，於是他將背靠在從速食店看去算是遠角的一根金屬柱子上。接著又朝坐在店內窗邊吧台座的黑雪公主瞥了一眼，這才仔細看看四周。

現在時間是午後六點十分。雖然今天是平日，但人潮相當多。從春雪的位置可以同時看到東西向的青梅大道人行道與往北延伸的商店街，但兩條路上都有著許多踏上歸途的學生、上班族與來購物的顧客來來往往，目前還看不到有哪個人停下腳步朝這邊看過來。

Wolfram Cerberus在先前的亂鬥對戰中，比Ash Roller晚了一陣子才從東北方向出現。也就是說，現實世界中的他（或她）應該也會從這個方向出現。當然前提是他願意答應春雪的要求。

朝虛擬桌面上顯示的時間一瞥，從對戰結束之後過了將近五分鐘。如果他會來，不是從北邊，就是從東邊。春雪輕輕握住雙拳，視線往兩個方向來回移動。但受到行人與建築物干擾，視野並不開闊。

——原來就連正規對戰空間，也看得到這麼遠啊……

耳邊輕輕回想起這句話。

這句話是Argon Array跑來插手前不久，被Silver Crow帶上高空時所說的。他擅長在地面上打格鬥戰，相信從來不曾從那種高度眺望過對戰空間。

真想再一次……

不，不管要幾次都行，春雪都想再帶他看看。看看「月光」空間中，被巨大滿月照亮而無限延伸的純白街景；看看「鬧區」空間中，地面上有如星塵滿溢的霓虹燈海；看看「原始林」空間中，一路延伸到遙遠地平線上的綠色叢林；看看「黃昏」空間中，將天空染成夢幻橘紅色的永恆晚霞……

「……那個世界，是無限的。」

春雪小聲又說了一次他在戰場說過的話，接著將臉從青梅大道轉朝向商店街。

接著他看見了。

看見來來往往的人潮另一頭，離他約有二十公尺左右的路旁，不知不覺間已經佇立著一個小小的人影。

這人身穿狀似國中制服的白色開襟襯衫，以及有著細小格紋的灰色學生褲。從服裝看來應該是男生，但頭髮留得稍長。臉孔中的稚氣多於精悍，猜想可能是比春雪小一歲的一年級生。

春雪覺得他的表情有點扭曲，像是在忍耐痛苦，但最令春雪印象深刻的還是他的眼睛。即使隔著商店街熙熙攘攘的人潮，雙方仍然在在感受到彼此的視線筆直交會。少年的眼睛發出的目光就是這麼強烈。

換做在平常，春雪不小心和陌生人對看時，都會反射性地別開臉。但只有現在，他一心一意地持續凝視少年的眼睛。

除了直覺以外，少年緊握在右手上的灰色神經連結裝置，也證明了他就是Wolfram Cerberus。而少年纖細的脖子上，當然沒有任何裝置存在。他以一眼就看得出來的方式，表明他已經對春雪在對戰結束之際要他「切斷全球網路連線」的要求付諸實行。

——我，就在這裡。

——請你用你的腳，再走二十公尺。然後，我們就先打個招呼，互相說出自己的名字，握

手……然後從頭來過。

春雪在內心拚命地對他這麼訴說。無論Cerberus參加什麼樣的組織，有著什麼樣的祕密，回歸最根本的層面，他們兩人都同樣是「BRAIN BURST」這款對戰格鬥遊戲的玩家。只要共有這個立足的根基，相信總有一天能夠互相了解，能夠變成朋友。

——我，想跟你做朋友啊，Cerberus！

也不知道少年是不是感受到了春雪無聲的吶喊，表情更加扭曲了。他眉頭緊皺，繃緊的嘴在顫抖。微微舉起右腳，又放了回去。

少年掙扎了幾秒鐘，之後漸漸放鬆肩膀露出淡淡的微笑。

他全身挺得筆直，雙手五指併攏在身旁，慢慢一鞠躬……

重新站直後立刻轉身，沿著商店街往北跑開。他小小的人影轉眼間就混入人群之中，從春雪的視野中消失。

「啊……」

春雪短短驚呼一聲，反射性地就想去追。但踏上兩步就停住腳步。

不可以心急。Cerberus已經答應春雪的呼喊，來到離碰頭地點這麼近的地方，更在現實世界露了臉。對超頻連線者而言，在現實中現身有著非常重大的意義。所以，相信等到下次機會，他應該會比今天更接近。

沒錯，相信一定很快……

「一定很快就能再見到他的。」

聽到背後有人說了這麼一句話，春雪轉過身去，看見一隻手拿著外帶用飲料杯的黑雪公主。她面露微笑，先點了點頭後遞出杯子。

春雪立刻自覺到喉嚨乾渴無比，鞠躬說了聲：「謝謝學姊」之後接了過來。他含住吸管，一口氣喝掉半杯冰冷的烏龍茶。深深吐出一口氣，看著黑雪公主的臉鄭重回答：

「……說得也是。我會再去中野，然後，繼續一次又一次跟他對戰。」

「嗯，這樣很好。」

黑雪公主面帶笑容點點頭，輕輕拍了拍春雪的背。

這個動作讓春雪總算想起了一件事。在來到這裡之前，春雪對黑雪公主問了一個問題，但尚未聽到答案。

「這個，剛才很對不起，聊到一半就匆匆忙忙跑來這裡。」

春雪先道歉，然後重新詢問：

「呃……在亂鬥中救了我的Aqua Current姊，該不會是學姊認識的人……吧？」

聽到春雪這麼問，黑雪公主先一瞬間露出訝異的表情，隨即點了點頭。

「嗯……沒錯。Current她是我一個認識很久……而且非常重要的好伙伴。」

「……這樣啊？那，學姊應該還有更多話想跟她說……」

春雪說到這裡，忽然想到一件事，搶著說下去：

「對、對了，說不定Current姊還留在這個戰區的對戰名單上。只要學姊邀她對戰，就可以再見到她一面吧？」

「……嗯……」

黑雪公主低下頭，深深吸一口氣，但並未發出用來開啟對戰的「超頻連線（Burst Link）」指令，而是將這口氣化為長長的嘆息。

「……不，將來總有一天有機會再見的……」

春雪覺得黑雪公主低語時的表情，似乎將許多複雜的情緒藏在笑容之後，也只能點頭。

商店街的人潮暫時中斷，青梅大道的車流也因為紅燈而停下。春雪就在這陣寧靜之中，說出了將自己的感慨也包括在內的話。

「說得也是，將來……總有一天……」

而回答他這句話的……

並不是黑雪公主，而是不知不覺間來到她身後的一個人。

「不好意思，你們說的『有一天』就是現在。」

經過約兩秒鐘的定格狀態後，黑雪公主猛然轉過身去，春雪更立刻跳向右前方。

那兒站著一個推測應該是女性的人物。推測年紀應該比他們稍大一點，但她並未穿著制服。下半身穿著及膝的緊身牛仔褲與運動鞋，上半身穿著七分袖的夏季毛衣，脖子上的神經連結裝置有著白色的半透明外殼。

她的髮型是帶著點內捲的妹妹頭，一副紅框眼睛戴在清秀的臉孔上，帶出了畫龍點睛的效果。她完全面無表情，唯有一對清新脫俗的眼睛湛著水面似的光芒，就像一對映出心意動向的小窗。

「妳……」

春雪正要開口問「妳是誰」，卻只說一個字就住了口。

自己曾在別的地方見過這個人。先前在對戰中也曾感受到的記憶殘影，又在他腦海深處閃過。

這位戴著眼鏡的女性，先看看怎麼回想就是想不起來而急得咬嘴唇的春雪，再看看一旁呆站著不說話的黑雪公主，露出非常淡的微笑。她先點頭示意，接著用有點沙啞的聲音，對春雪悄聲說：

「好久不見了說，Silver Crow。」

「啊，呃，妳好……」

春雪反射性地就要鞠躬回禮，卻又再度定格。正嚇得心想：「我我我我我長相曝光了？」

眼前的女性就伸出右手制止他，從斜背的單肩包取出一個小小的平板狀物體。

仔細一看，那是個有點落伍的薄型平板終端機。她用手指在觸控螢幕上劃過，然後翻過來給春雪看。七吋左右大小的螢幕上顯示出來的，是一張照片，拍到一個人胸部以上的部分。圓滾滾的臉與亂糟糟的頭髮，一雙圓滾滾的雙眼瞪得大大的，表情顯得十分糊塗，這名少年不管怎麼看，都是春雪自己。

還不只這樣。照片下面還清清楚楚顯示出寫著【Silver Crow】的字串，甚至還加註了日期：「2046／11／9」。

「這……這這……」

春雪正嚇得心想：「妳妳妳怎麼會有這種照片？」這名女性就對他說：

「……就是這麼回事，所以你也不必再把露相的事放在心上說。」

說是這麼說，但春雪實在沒辦法就這麼放心。他整個人定格不動，和畫面上的自己大眼瞪小眼，黑雪公主才總算小聲開了口：

「……妳是……可倫……？」

結果……

這名女性將平板型終端機收回包包，用指尖將紅框眼鏡的鼻架往上推，這才首次從正面看了黑雪公主一眼。她眨了兩三次眼睛後，彷彿覺得耀眼般瞇起眼睛，輕輕但確切地點了點頭。

「在現實世界我該說初次見面。我還要……對Lotus說聲好久不見。上一次跟妳說話，已經是兩年半前了……說。」

她的回答意味著兩件事。

首先，眼前這名女性就是在先前的亂鬥中救了春雪的流水裝甲1級角色Aqua Current。其次則是她果然和黑雪公主……不，是和黑之王Black Lotus交情匪淺……

不，還不只這樣。Current和春雪應該也有過交流。要不是這樣，她不可能會有春雪本人的，而且還是早在半年之前的照片，而且也無法解釋她為什麼會從Argon Array的攻擊下救了春雪。

但是，為什麼自己就是想不起到底是有過什麼交流呢？

春雪受到最大規模的隔靴搔癢感侵襲，忍不住用右手在自己頭上用力敲了一記。他還想再敲，Current就迅速伸手阻攔。

「對不起，你會想不起來是我害的說。」

「……咦……妳這話，是怎麼……」

Current朝著啞口無言的春雪，說出了一句讓人一時間難以置信的話。

「我先讓你的記憶恢復，再解釋這一切說。可是要恢復記憶，需要先找個不會有人打擾的安全場所。你們知道有這樣的地方嗎？」

春雪先把疑問擺到一旁，和黑雪公主對看一眼之後，對Current點了點頭：

「呃……如果妳不介意走一小段路……」

3

「黑暗星雲」軍團的作戰會議室兼前線基地。

也就是座落在高圓寺車站北方的住商混合型高層大樓B棟二十三樓的有田家客廳。當春雪、黑雪公主以及疑似Aqua Current本尊的戴眼鏡女性來到這裡，已經是下午六點四十五分。

春雪有著與時代潮流背道而馳的高耗油體質，飢餓計量表差不多已經要降到紅色危險區。然而如果不先把堆積如山的疑問與謎題解開個一半，吃飯也只會食不知味。

也因此，春雪先帶她們兩人在沙發組坐下再到廚房倒了三杯涼茶，並在木盤上裝了些梅子海苔卷仙貝作為小小的能量來源。當他端起托盤就要回到沙發上，卻在還剩幾步的地方停住腳步。

黑雪公主與Aqua Current面對面坐著的模樣，讓他覺得心中受到一股震撼。她們兩人默默地對望，彷彿深深尋求對方，同時卻又試圖遠離對方。這樣的氣氛讓他深深回想起剛和黑雪公主重逢時那陣子的倉崎楓子——Sky Raker。

「……久等了。」

春雪說了一聲，把托盤放到玻璃茶几上，將冰冷的綠茶放到兩人身前。客廳裡有點暗，於是他想調亮燈光，但又改變心意，把南邊的窗簾全部拉開。放眼望去，看到一整片夕陽把慢慢往東遠去的雨雲染成黃金色的光景，讓他們不由自主地想到剛才在「冰雪」空間下那場激戰的最後一刻。

「……梅雨就快過去了啊。」

春雪點頭回應黑雪公主的喃喃自語。

「聽最新的預報，說會在七月五日放晴。」

「也就是一個星期後啊？真希望在這之前，可以把很多問題都解決掉……謝謝你的茶，我不客氣了。」

黑雪公主一拿起杯子，坐在對面的少女也說了一聲：「我不客氣了。」喝了一口茶。春雪也在下座坐下，喝了一口。三個人一起鬆了一口氣之後，坐在右側的Current就以輕描淡寫的語氣說：

「那，我要開始了說。」

她從身旁包包拿出來的，是一條有著圓形捲線器的攜帶用ＸＳＢ傳輸線。她拉出一邊接頭，遞向春雪。

「咦……請問，呃。」

「用直連最省事說。快點。」

春雪不得已地接過接頭，這才往左側瞥了一眼，就看到黑雪公主微微苦笑著說：

「既然有必要，那也沒辦法。放心去吧。」

「好、好的，我去去就回來。」

春雪把接頭插上神經連結裝置的直連用插孔，已經插好另一頭的Current立刻說：

「超頻連線。」

這次加速的體感時間大約只有十秒——也就是說在現實中還不滿零點一秒。快得讓黑雪公主一看到他們回來，就傻眼地說：「也回來得太快了吧」。

畢竟他們在直連對戰空間裡做的事，也就只有Aqua Current出現在最短距離，然後立刻大步走向Crow，用籠罩在水中的雙手捧住他的頭盔，額頭貼上額頭並輕聲說了一句話：

「記憶解放（Memory Free）。」

結束加速之後，老實說春雪覺得根本沒什麼兩樣。由於Current已經捲起收回的XSB傳輸線收進包包，相信該做的事是已經做完了，可是……

一陣流水潺潺的聲響。

春雪聽到流水聲，以為是廚房的水龍頭忘了關，轉頭過去看。但仔細想想，如果真的沒關好，視野中應該已經顯示出警告標語，而且聽見的也不是水流沖在流理台發出的劇烈噪音，而是一陣深山溪流般的輕快水聲。仔細一聽，就覺得聲音不是來自外界，而是自己的體內。一道清澈沁涼的水流，洗過腦海深處，讓阻塞的迴路漸漸恢復……

「……咦，怪了？」

春雪張大了嘴，盯著坐在右側這名戴眼鏡的女性（大概吧）。

「……Aqua Current姊……是那個Aqua Current……對吧？和Raker姊還有Maiden一樣……是初代黑暗星雲幹部『四大元素』之一的……」

這麼重要的事，之前自己為什麼都忘了？Aqua Current這個名字，明明才在九天前進行「Ardor Maiden救出作戰」時聽過，而且還一樣是在這有田家的客廳裡聽到。

兩年半前，黑暗星雲是足以媲美當今六大軍團的強大勢力，卻因為試圖攻略位於無限制中立空間正中央的「禁城」，被守護四方城門的超級公敵「四神」擊潰而瓦解。當時與西門守護獸白虎交戰的團長Black Lotus與「風」的Sky Raker驚險地逃脫，但進攻其餘城門的三名幹部全都陷入了「無限EK」的狀態。

南門朱雀的祭壇上，困著四埜宮謠，也就是「火」的Ardor Maiden。

北門玄武的祭壇上，是「地」的Graphite Edge。

而東門青龍的祭壇上，則是「水」的Aqua Current……

雖說當時聽到時，確實滿腦子都是當下的最優先目標——Maiden救出作戰。但即使如此，這麼輕易就忘掉四大元素的名號，也未免太見笑了。春雪用雙手抱住記憶容量所剩不多的腦袋發出嗚嗚聲。

但事情竟然還沒結束。

腦海深處又有另一個迴路開啟，一批全新而且大量的記憶猛然灌進意識之中。

Aqua Current，外號「唯一的一（The One）」。

人們這麼稱呼她的理由，是因為她是個實在太特殊的1級超頻連線者。一般的1級新手，都對自己的點數收支自顧不暇，Current卻以擔任「保鏢（Bouncer）」護衛點數有危險的新手玩家而知名。具體來說，她會接2級以下超頻連線者提出的委託，和委託人組成搭檔並肩作戰，直到委託人的剩餘點數恢復到50點為止。委託報酬不是點數，而是「透露現實身分」。也就是要求委託人前往她指定為碰面地點的咖啡廳，對放在指定座位的平板型終端機輸入虛擬角色名稱，被攝影ＡＰＰ拍下大頭照。而照片會立刻傳輸到躲在附近的Current所拿的終端機上。

至於說春雪為什麼會知道這麼具體的步驟……

那是因為他自己就曾經當過Aqua Current的委託人。去年秋天，他還是個不成氣候的新手，因為超頻點數好不容易累積到超過３００點高興得沖昏了頭。完全忘了要預留安全空間就升上了２級。

結果就是剩餘點數降到只剩8點，陷入再打輸一次就會導致BRAIN BURST程式遭到強制反安裝的困境。當時將他從這個危機中拯救出來的不是別人，正是「唯一的一」Aqua Current。他們在神保町戰區挑上3～4級的搭檔而連戰連勝，將春雪的點數賺回到七十餘點。要不是有她護衛，春雪也許，不，應該說極有可能早已失去了BRAIN BURST。

「……可倫姊。」

春雪抬起頭來，以和先前完全不同的萬般感慨喊出她的名字。他看著默默露出淡淡微笑的這位女性那有如水面搖曳的眼睛，再度呼喊：

「可倫姊……我……我，一直……好想見妳。」

春雪才剛忘我地說出這句話，左側就傳來某種熊熊燃燒的心念波動，但他並未注意到，繼續說下去：

「我好想見到妳，當面跟妳道謝。多虧有妳在……多虧妳救了我，我才能像這樣……」

春雪再也說不下去，兩眼熱淚盈眶。

Aqua Current朝春雪緩緩點頭，以平靜的嗓音回答：

「我也很想再見你一面，也有很多話想當面跟你說。」

第二波熊熊燃燒的鬥氣襲來，春雪這才總算將視線轉到鬥氣來源的方向，緊接著全身一縮。因為他看到了幻覺，看見滿臉笑容的黑雪公主背後，發出了強化攻擊威力類的過剩光。

「春雪？」

「有、有！」

「不好意思在你們正打得火熱的時候打擾，可以請你解釋一下嗎？我完全搞不清楚現在是什麼情形。」

「好、好、好的！」

春雪連連點頭，一頭熱地講起他認識Aqua Current的來龍去脈。黑雪公主靜靜聽著，不時點頭，等到春雪最後用「……情形就是這樣」這句話收尾的那一瞬間……

「……你這個笨蛋！」

她立刻發出久違的大聲喝叱，從沙發探出上半身，用力捏著春雪的左臉頰繼續說道：

「你說你剛升上2級就陷入瀕死的狀態……不，你沒預留安全點數就升級，這件事我現在也不怪你，畢竟原因是出在我的指導不周。可是，你為什麼不馬上告訴我？只要你說了，要多少點數我都會分給你啊！」

「可、可是，學姊那個時候還躺在高度治療室，根本不能會客。」

「哪有什麼可是不可是！就算不能直連，還是可以透過院內網路進行對戰吧？」

「可、可是，學姊那陣子剩下的點數也……」

「點數這種東西，只要去獵公敵要賺多少都沒問題！」

……嘻嘻。

一陣突如其來的輕聲低笑，讓黑雪公主與春雪同時轉頭。

結果看見先前幾乎一直面無表情的Aqua Current手摀著嘴，肩膀頻頻上下擺動。

看到她這樣，春雪只覺得：「原來可倫姊也會笑呀」，但黑雪公主儘管手仍然捏著春雪的臉頰，雙眼卻瞪得不能再大。她連連眨眼，轉而輕聲細語地說：

「……可倫，我第一次看到妳這樣笑……不，我們在現實世界是第一次見面，說來是理所當然啦……」

Aqua Current還在竊笑，但隨即清了清嗓子說：

「對不起，我不是覺得好笑才笑。只是覺得好高興……因為Lotus就跟以前一樣……和以前妳不管我和Maiden看著，就跟Raker和Graphite爭論不休的那個時候一樣……」

她摸著紅框眼鏡同時暫閉雙眼，隨即又抬起頭來，鄭重表情挺直腰桿。雙手放到穿著牛仔褲的雙膝上，以清澈的視線凝視春雪與黑雪公主……

「重新自我介紹。我是Aqua Current，本名叫做冰見晶。」

晶這個名字和她中性的氣質十分搭調。她先停頓了一會兒，接著微微轉身，正對黑雪公主低頭說：

「Lotus。Silver Crow會隱瞞他跟我之間的關係不能怪他。因為他的記憶是我封印的。」

五分鐘後。

春雪與黑雪公主也自我介紹完畢，暫時決定好在現實世界要怎麼互相稱呼後，春雪又仔細看了看晶。

「呃，那也就是說，晶姊是在八個月前用心念『記憶滴落（Memory Leak）』封印了我的記憶，然後又在剛剛的直連對戰裡用『記憶解放』解除封印……是這樣沒錯吧？」

「就是這樣說。」

「可、可是，為什麼要這樣……」

「理由的一半是再明白不過了說，因為我的臉被春同學看到了。」

「喔？春雪，你是怎麼讓晶露相的？」

黑雪公主以略顯震驚的表情這麼問了，春雪只好搔著後腦勺說：

「這……我也不是有意要查出來，只是平常笨手笨腳慣了……我在她指定的咖啡館，想去上廁所的路上摔了一跤，就和湊巧待在那附近的晶姊……」

撞個正著，撲倒了她，還跟她的身體有了不應該有的接觸。這段記憶總算甦醒過來，讓春雪說到一半猛然住口。他全身僵硬地轉動視線，就看到當事人晶一臉不關己事的表情拿起小仙貝，於是省略詳情繼續說明：

「……我撞得晶姊包包掉在地上，然後剛才那個平板終端機就掉了出來，上面顯示我的照片……」

黑雪公主聽到這裡，露出有些狐疑的表情，但仍然點了點頭。

「原來如此啊。就連Aqua Current，也敵不過春雪的冒失威能啊？」

「哪、哪裡，也沒那麼厲害啦。」

「我可不是在稱讚你……那，晶，妳的另一個理由是什麼？」

看到她投來視線，晶用夾在手指頭上的小仙貝筆直指向春雪。

「這我當時也跟春同學說過了說。」

「是、是這樣喔……呃……」

春雪高速播放才剛恢復的記憶，總算找到了她說的場面。她即將對春雪發動心念之際，的確說過這麼一句話。

「……記得是說，我要跟晶姊認識……也就是身為『四大元素』的可倫姊，要跟才剛復活的黑暗星雲有交流，還太早了點……是嗎？」

「對。畢竟我認為要重新會合，第一個應該是Sky Raker。而且更重要的是我、Maiden還有Graphite都……」

「處在『無限ＥＫ』狀態……是吧。」

黑雪公主以心痛的表情這麼一說，晶就放低目光輕輕點頭。

春雪交互看了看陷入沉默的兩人。注意到，不，應該說想起一件事，深深吸一口氣。

這件事他在剛才那場亂鬥途中就已經覺得不對勁，也就是截至目前為止的談話內容當中，隱含了一個極大的矛盾。

晶的對戰虛擬角色Aqua Current，在無限制中立空間被封印在禁城東門。

晶就維持這樣的狀態，在正規對戰空間裡扮演1級的保鏢「唯一的一」進行活動。

然而……

「……可、可是，這個，無限制空間不是要升上4級以後才能進去嗎？」

春雪忍不住說出思緒中最後的結論，兩人隨即將視線轉到他身上。她們不約而同地連眨了幾次眼睛，接著先由晶碰著眼鏡鏡框開了口：

「你的疑問很有道理。我反而還在想說春同學要到什麼時候才問出來說。」

接著黑雪公主仍然皺著眉頭，輕輕點頭：

「這個問題的答案很簡單。先前黑暗星雲對禁城展開攻略而潰敗時，可倫的等級是7級。」

「這……這這？這不是和現在的Maiden一樣嗎？那、那怎麼會變成1級……」

就在春雪震驚得眼睛與嘴都張大的時候，腦中卻有著遙遠的說話聲音在迴盪。這個有如草原上吹過的風一樣清爽，又像磨得鋒利的刀刃一樣堅毅的聲音——是來自他在禁城內部認識的那位神祕年輕武者型虛擬角色。當初他自稱叫做「Trilead Tetraoxide」，在離別之際更將真正的名稱「Azure Heir」告訴春雪，是春雪非常珍視的一位朋友。

在討論春雪與謠的逃脫路線時，他確實說過一句話。說不推薦他們走東門，因為把守東門的超級公敵「四神青龍」有著一種可怕的特殊能力。

「……等級……吸收(Drain)……」

春雪喃喃說出這個詞，黑雪公主輕輕揚了揚眉毛，接著才點點頭說：

「……原來你知道啊？你說得沒錯……可倫為了讓她率領的東門攻略部隊能夠全身而退，獨自留在青龍的祭壇奮戰……多次受到敵人的特殊攻擊，結果……」

「等級一口氣掉到谷底。」

對超頻連線者來說，這多半是可以想見最令人受傷的事——當然除了點數被扣光以外——晶卻說得輕描淡寫。她小小咬了一口手上的小仙貝，將一口涼茶含在嘴裡，朝著瞪大眼睛的春雪與表情緊繃的黑雪公主露出淡淡的微笑：

「可是，我不覺得這讓我受到的創傷會比Maiden、Graph、Raker，還有Lotus妳更深。四神的強大與可怕是沒有差異的……我受到無痛的吸收攻擊時，Maiden也受到朱雀的火焰焚燒、Graph被玄武的超質量壓扁，Raker和Lotus也被白虎的爪子和牙齒撕裂。如果單純比較誰受的痛楚最多，大家應該都在我之上。」

「……可是可倫，虛擬世界的痛楚戰鬥結束後就會消失……但妳受的傷害……」

「等級剛下降的時候，我當然也有點受到打擊……應該說比有點再嚴重一些。可是，也不是完全沒有好處。我之所以能當保鏢，幫助很多像春同學這樣遇到困難的孩子，就是拜了等級下降之賜……所以Lotus，妳不必露出這麼難過的表情。」

晶以聲調平淡卻滿含著真心的嗓音說到這裡，頓了頓之後繼續說：

「……只是，就算不提等級吸收這回事，一旦深入守護範圍，幾乎肯定會陷入『無限EK』狀態，這點青龍也和其他四神一樣……所以，我明知黑暗星雲已經重新出發，但之前一直不能下定決心來跟你們接觸。我當然有心想回來……其實我想回來想得不得了。可是，一旦我再度加入軍團，Lotus，妳就會……」

晶說到這裡就住了口，低下頭。黑雪公主緩緩點頭，輕聲接過話頭：

「兩週前才跟我又見到面的Maiden，也說了一模一樣的話。她說她最害怕的就是一旦自己再度加入，新生黑暗星雲……不，應該說身為軍團長的我，就會為了救出在禁城受到封印的Maiden而再度攻略四神，結果可能會導致又有人陷入封印狀態。」

「會怕是當然的說。Lotus……幸妳好不容易重新振作，在杉並插上黑旗，我不希望那場悲劇再度上演。」

晶決定以「幸」稱呼黑雪公主，是因為聽說倉崎楓子稱她為「小幸」，四埜宮謠稱之為「幸幸」，就由這兩者精簡而成。看來這名戴眼鏡的女性不但說話簡短，也同樣屬於急性子星人，只是沒有Pard小姐那麼誇張。黑雪公主還來不及再說什麼，她就搶先開了口：

「可是，幸跟春同學漂亮地將Maiden從朱雀祭壇救了出來。我輾轉聽到這個傳聞的時候，真的覺得好高興。從那時候我就一直覺得，我和你們兩位再見面，將春同學被封印的記憶解開的日子一定會來……」

「……也就是說……這個日子就是今天了？」

黑雪公主微笑著這麼回應，晶點了點頭，但隨即又搖了搖頭。

「其實我本來想再等一陣子，可是最近發生的事情讓我不能悠悠哉哉等下去。」

眼鏡下一對泛褐色的眼睛閃出犀利的光芒。

「……你們也知道，從兩年半前初代黑暗星雲瓦解以來我就一直在當『保鏢』，護衛低等級超頻連線者。我這麼做有幾個理由，其中之一就是為了收集情報。被我救過的超頻連線者，在升上中等級以後也會把他們在加速世界得知的重要情報告訴我……當然前提是在不妨礙他們所屬軍團活動的範圍內就是了。」

聽到她這麼說，春雪恍然大悟地點點頭。要不是記憶被消除，不，是被封印，春雪肯定也會繼續和Aqua Current聯絡，只盼能夠多少償還她的恩情。

晶也輕輕點頭，以冷靜卻又帶著點緊繃的聲音說下去：

「所以即使我跟新生黑暗星雲斷絕聯絡，對這陣子加速世界發生的一連串事件還是掌握到了一定程度說。具體來說……就是『赫密斯之索縱貫賽』中以第四象限心念攻擊展開的大規模恐怖活動與『災禍之鎧』的復活、七王會議上裁決的鎧甲淨化指令、『ISS套件』的蔓延與『大天使梅丹佐』出現在東京中城大樓上，還有……淨化Silver Crow並封印『鎧甲』。」

她這番話說得如數家珍，毫無遺漏地掌握住這一個月內發生的許多事件。不只是春雪，連黑雪公主也震驚地瞪大眼睛說……

「該怎麼說……可倫，妳的情報力還是一樣犀利啊。」

黑雪公主先輕輕攤開雙手，接著才對春雪說明：

「她以前在黑暗星雲也是負責收集與分析情報的工作。她會收集很多我們根本不會在意的謠言片段從中彙整出重要的情報，手腕非常出色。」

聽到過去的團長讚賞自己，讓晶有點不好意思地低聲說：

「畢竟情報就像架設在都市裡的水管裡流動的水。雖然隨時都會有水從管線接縫跟裂痕流出，但都不會有人意識到這件事。」

「是、是喔……原來水管那麼會漏水啊？」

春雪不由自主地轉頭朝廚房又看了一眼，問出這句話。結果晶以認真的表情點點頭，秀了一手令人意想不到的小知識。

「東京都水道局轄區內的本世紀初漏水率是在五%上下。即使是二〇四〇年代的現在，東京上水道流動的水之中，也有一%左右會因為漏水而損失。以量來說，每年大約是一五〇〇萬立方公尺。」

「一、一千五百萬……也就是說，用兩公升保特瓶，要裝，呃……」

春雪還來不及叫出虛擬桌面上的電子計算機APP，黑雪公主已經若無其事地心算出答案。

「七十五億瓶。只是聽說比起外國的大城市，損失已經算是相當少了……不過晶，記得我還只有8級的時候妳為了得到『9級後一戰定生死規則』的情報，還叫跟我同樣8級的Graph先升級看看……這種收集情報的方法也未免太強人所難了吧？」

黑雪公主露出慧黠的微笑指出這一點，晶就以漫不在乎的表情回答：

「Graph本來就負責當白老鼠，這不成問題。」

「哈哈哈……也是啦，像他那麼耐命的傢伙實在沒有幾個。」

春雪看著黑雪公主開心談笑的模樣，心中咀嚼著一股溫暖的感慨。

雖說是受緊急事態所迫，但晶／Aqua Current的登場，讓黑暗星雲的幹部集團「四大元素」已經有三個都回歸戰線。當然Current的本體還困在無限制中立空間的禁城東門——四神青龍的祭壇上，但包括目前他還只聽過名字的Graphite Edge在內，春雪有預感他們四人完全回歸的日子絕對已經不再遙遠。不，還不只是四大元素，以前參加黑暗星雲的其他團員，相信也遲早會陸續回歸。

到時候，黑雪公主就能找回失去的事物。

一旦黑暗星雲在名實兩方面都恢復為七大軍團之一，春雪多半就再也沒辦法像現在這樣經常獨占黑雪公主。這當然會讓他覺得寂寞，但自己身為她唯一「下輩」的事實不會改變。更重要的是，要達到黑雪公主的目標……同時也是春雪自身目標的「升上10級」，軍團陣容的強化就是必要條件之一。

正當春雪咬著梅子口味的小仙貝想著這樣的念頭，黑雪公主卻突然伸出手搔了搔春雪的頭。

「你還是一樣急性子啊。」

春雪瞥見黑雪公主那彷彿看穿他心思的溫和笑容，頻頻搖頭說：

「咦……沒、沒有，我根本就不會覺得寂寞。」

「連這句話都說出來，跟招了又有什麼兩樣？相信我。對我來說，你、拓武還有千百合，都和我過去的同伴一樣重要，甚至更重要。無論軍團變得多大，你在我心中的地位都不可能會變小。」

說：

「好、好的……」

春雪拚命按捺心中一股慢慢上湧的熱流，點了點頭。緊接著右側的晶也露出微笑說：

「想哭的時候儘管哭說。因為水就是要一直流動才不會淤積。」

如果是前不久的春雪，遇到這樣的場面多半已經忍不住潸然淚下。但現在他猛力忍耐回答說：

「呃……我就先存起來，等到晶姊正式回歸軍團那時候再說。」

「是嗎？那在這之前，你也要先想起你在我即將封印你記憶的時候說了什麼。」

「呃、呃……我，說了……什麼話嗎……」

春雪話還沒說完，就被晶的這句台詞喚醒記憶，腦中開始播放當時的場面。當時Aqua Current看到春雪毫無戒心接受直連對戰，就宣稱：「我要搶走你的所有點數，作為事成之後的報酬」作為警告。而春雪對此的回答是：

「……『我不跟妳打，因為我不小心喜……』」

頭部傳來強大的壓力，讓春雪說不下去。至於壓力來源，就是黑雪公主還放在他頭上的五根纖細的手指。她發揮出有如扭打系對戰虛擬角色的出力，嘴角的微笑卻並未消失。只是這笑容當然是必殺的「極凍黑雪式微笑」。

「……我聽不太清楚啊，你說你是因為什麼理由不跟可倫打呀？」

「呃、呃……這個，這是因為滑、滑雪……不對，壽喜燒……也不是，對了，是因為技能上就覺得沒希望打贏……」

針對春雪用心編織的藉口——

「BRAIN BURST只有特殊能力，可沒有技能啊。」

黑雪公主先冷冷地駁倒他，這才一副拿他沒轍的模樣放鬆表情。最後輕輕拍了一下，將手從春雪頭上拿開，自己也拿起一根小仙貝。

「不過沒關係啦，我想就是因為你是這樣的人，晶才會肯在現實世界現身……」

說著將小仙貝丟進嘴裡，咬出清脆的聲響後，把杯子裡剩下的涼茶喝光。春雪要起身去再倒一杯，黑雪公主就揮手制止，坐正姿勢。她以認真的表情看著坐在正對面的晶說道：

「……我還有很多事想問，但過去的事情就先聊到這為止吧。更重要的是現在和未來……也就是妳今天會來到杉並和我們接觸的理由。從妳挑的時機來看，我想應該和『ISS』套件或『加速研究社』有關……我說得對嗎？」

晶被她這麼一問，用手指推了推眼鏡橫梁，同時點點頭說：

「妳還是一樣那麼敏銳。理由就是這兩件事……再加上另外一件。」

「喔？是什麼事……」

春雪心想今天已經不知道被嚇倒了幾次，抱著不管聽到什麼都不會再被嚇倒的心態等著晶回答。然而晶說出的一句話，卻有著足以輕易擊潰他這種決心的威力。

「……『災禍之鎧』。」

「……！」

黑雪公主還只是尖銳地倒抽一口氣，春雪則反射性地猛往後退，差點連人帶著沙發往後翻倒。等他好不容易恢復平衡倒回前面，深深吐出一口氣，這才大喊：

「這……這怎麼可能！那、那件鎧甲……不，那個『詛咒』應該已經得到完全的淨化，已經消除掉了！」

春雪將災禍之鎧，也就是強化外裝「The Disaster」恢復成本來面目——神器「The Destiny」與聖劍「Star Caster」，永久封印在無限制空間的角落，還是短短六天前發生的事。即使加速研究社再怎麼神通廣大，相信他們也沒辦法染指那個地方，而且也絕對不容這種事情發生。

短短幾分鐘前Aqua Current自己明明就說過，說「鎧甲」已經被Silver Crow淨化、封印了。

晶朝春雪點點頭緩和他所受到的震撼，接著繼續說明：

「我也覺得研究社沒辦法讓『災禍之鎧』本身復活。可是，他們的企圖多半不是讓鎧甲復活……而是新生。」

「妳……妳說新生？是指……重新創造出那個東西？」

就連黑雪公主，發問的嗓音中也不由得摻雜了幾分畏懼。晶將視線拉回正面，再度點點頭說道：

「七年前災禍之鎧會誕生，加速研究社就有份……我是這麼推測的說。這個推測正確嗎？」

被她反過來這麼一問，春雪先和黑雪公主對看一眼，然後同時點了點頭。雖然這屬於極機密情報，但他們沒有理由瞞著四大元素之一的Aqua Current。

「是、是的……雖然我只有很模糊的根據，就是『被鎧甲寄生時作的夢』，但我非常確信七年前設下圈套陷害Chrome Falcon與Saffron Blossom，以無限ＥＫ讓芙蘭小姐掉光點數的就是研究社的副社長Black Vise……還有幹部Argon Array……」

儘管覺得晶聽到Falcon與Suffron的名字時眼神似乎微微閃動，但從窗戶射進的橘色光線反射在眼鏡鏡片上遮住了她的表情。她也不抬起微微低下的頭發出平靜的嗓音說：

「是嗎……這麼說來，鎧甲會繼續綿延好幾代，讓加速世界發生那麼多的流血……都應該判斷成是研究社的意圖了說。」

「可是……把鎧甲交到第五代Cherry Rook手上的確確實實是黃之王Yellow Radio啊。難道說連那個香蕉頭也是研究社的一員……？」

黑雪公主皺起眉頭，晶就抬起頭來微微苦笑說：

「我想這不太可能。Radio小弟雖然很喜歡玩圈套或策略，但基本上是個愛出風頭的痞子。」

「痞、痞子……」

對方好歹也是個9級的王，卻被Aqua Current說得一文不值，讓春雪嚇得呆了。但黑雪公主則嘻嘻笑了幾聲點點頭說：

「這倒是沒錯。Radio是個不自己站上舞台就不會滿意的人，跟喜歡暗中搞鬼的研究社的確差得太多了……可是這麼說來，Radio在打倒第四代Disaster時得到鎧甲，作為圈套的核心來設計紅之王Scarlet Rain，都是他自己的意思了？」

聽黑雪公主指出這一點，春雪也跟著點點頭：

「而且鎧甲從第五代的Cherry Rook轉移到第六代的我，也是完全的偶然。還有像是仁子會跑來委託我們黑暗星雲幫忙，或是對第五代Disaster施加最後一擊的人會是我，這些應該是誰也料不到的，即使是研究社那些傢伙也料不到。」

晶以不肯定也不否定的表情聽他們兩人指出這點，微微放低音量說：

「……我想，事情說穿了其實很簡單說。不管鎧甲從誰身上轉移到誰身上，也不管在哪裡發生什麼樣的悲劇，對研究社來說都不重要。他們需要的，就只是持續發生必要量的災禍循環……讓鎧甲一代一代傳下去，逐漸強化。等到變得夠強之後再收回鎧甲，用在他們的終極目的上……」

「啊……」

一聽到晶這番話的其中一部分，春雪腦中就閃現出一段記憶。他皺起眉頭，試圖播放出最關鍵的場景。

「呃……將近一個星期前，我在無限制中立空間把鎧甲分離成本來的兩件強化外裝，可是在進行分離之前沒多久，研究社副社長Black Vise就現身對我說了幾句話。記得他是說……『雖然比當初的計畫早了點，不過這件鎧甲我要先收回去分析了。很遺憾得讓Crow同學從加速世界退出』……」

當時春雪處於被逼到極限的精神狀態，所以記憶也不是很清晰，但大意應該並未記錯。聽到春雪所說，不，應該說是Black Vise所說的這幾句話，兩名女性對看一眼，露出嚴肅的表情點點頭。首先晶開口說：

「他們果然有長期的計畫……也就是說，我想他們應該對鎧甲安排了終極的使用目的。這只是我的推測，但我想他們從春同學身上收回鎧甲後，就打算讓第七代裝備上去，這樣Chrome Disaster就宣告完成。雖然說這可能也只是另一個更大的計畫當中的一部分……」

「第七代啊？這個數字的確煞有其事。」

黑雪公主忿忿不平地說完，看了春雪一眼後又放緩了表情說下去：

「也就是說，第六代的春雪淨化、封印鎧甲，就毀掉了加速研究社的這七年……不，考慮到在無限制空間加速而得到的時間，更可以說是毀掉了他們七十年、七百年的大計畫。我要重新對你說一次，你真是Giga ＧＪ。」

「學姊，妳這是Ash語還是Pard語啊？」

春雪苦笑著應聲，黑雪公主也呵呵一笑，晶卻一瞬間停下了動作。過了一會兒，她露出了淡淡的笑容。

春雪本想問她怎麼了，但她卻先開了口：

「……災禍之鎧已經在春同學的努力之下消滅。剛才我也說過，連研究社也沒辦法再讓鎧甲復活。可是，這些傢伙沒有這麼容易死心說。」

「是嗎……所以事情就牽扯到剛才妳說的『新生』了？」

晶點點頭回應黑雪公主的話。

「對。加速研究社想重演和七年前一樣的事情……至少我是這麼認為的說。他們想引發爆炸性的仇恨與悲傷，灌注到作為負面能量媒體的強化外裝上，賦予詛咒的力量。我就是覺得當今加速世界發生的幾件事，都強烈暗示著這種可能……」

「唔……我不是懷疑晶的分析力……可是，這種現象應該不是這麼容易重現的吧？記得Chrome Disaster應該是融合了好幾個因素才誕生出來的……沒錯吧，春雪？」

春雪在她的視線下深深點頭。他彎曲右手手指，開始列舉災禍之鎧的構成成分。

「是。呃……首先，成了初代Disaster的金屬色角色Chrome Falcon，還有他的搭檔Saffron Blossom。讓Saffron在無限EK中失去所有點數的神獸級(Legend)公敵。承受Falcon兄的悲傷與憤怒，變化成鎧甲的強化外裝The Destiny。還有這個我不確定是不是非有不可，就是留有Saffron心意的大劍Star Caster……要讓『災禍之鎧』誕生，至少需要這些成分……」

「果然每個成分都非常罕見啊。金屬色虛擬角色的稀少是不用說了，有固定搭檔的人選就更少。然後這裡面最罕見的，就是當成媒介的The Destiny了……畢竟那可是七神器(Seven Arcs)啊。」

聽黑雪公主輕聲說到這裡，春雪與晶都沉默了一陣子。

春雪伸手去拿不知不覺間已經少了一半的小仙貝，抓起一根放到木盤邊緣說道：

「現在加速世界裡已經證實存在的神器，首先是……藍之王的大劍，一號星(Alpha)『The Impulse』。」

說著又在旁邊放上新的小仙貝。

「還有，紫之王的錫杖，二號星(Beta)『The Tempest』。綠之王的大盾，三號星(Gamma)『The Strife』。還有……我在禁城裡遇到的Trilead Tetraoxide的長刀，五號星(Epsilon)『The Infinity』……」

說到這裡，排出的小仙貝一共有四根。他抬起頭來，依序看看黑雪公主與晶。

「應該只有這四件，對吧？畢竟四號星(Delta)『The Luminary』到現在還是下落不明……六號星(Zeta)

『The Destiny』已經被封印，七號星『The Fluctuating Light』放在禁城最深的地方，誰也沒辦法染指……』

春雪說完後，黑雪公主微微苦笑聳聳肩膀說：

「聽你這樣列舉下來，總覺得好像多得很……不過就現狀而言，的確只有四件。不，研究社有可能染指的大概只有三件吧。拿著五號星的Tetraoxide住在禁城裡，相信就連他們也沒辦法對他下手。」

黑雪公主伸出右手，拿起排在木盤邊緣的一根小仙貝咬了一口。晶一直看著剩下的三根，隨即也聳了聳肩膀，說道：

「我想剩下三件也一樣很難干涉。不管是哪個王都不可能放棄神器，而且要奪取強化外裝，唯一的方法就是打光對方的點數。相信就連加速研究社，也沒有這麼強大的戰力。」

說著晶也拿起一根，春雪也收走剩下的兩根同時丟進嘴裡，嚼了一會兒後說：

「……呃……為防萬一我還是問問，加速世界裡應該沒有和七神器差不多強大的強化外裝吧？」

晶與黑雪公主連眨了兩次眼睛，接著不約而同地搖頭回答：

「我想應該沒有說。」

「應該沒有……畢竟就是因為有著突出的性能，才會被譽為神器。你好歹也跟綠之王的大盾交擊過一次，應該切身體認過那離譜的防禦力吧？」

「是、是啊，那是不用說了……」

「不過以他的情形來說，本體也是硬得犯規啦……嗯，這麼說來，反倒是把絕大部分潛能都灌注在強化外裝而塑造出來的超頻連線者，再把升級點數全都灌進外裝的性能……不對，就算這樣也未必……」

聽到黑雪公主歪著頭說出的推論，春雪不由自主地想起一名超頻連線者。

「學姊的意思就是說……像Ash兄如果今後也繼續專心強化機車，他的機車就會變成神器級的強化外裝……是這樣嗎？」

三人對看一眼，同時噗嗤一聲笑了出來。這麼說對Ash Roller是有點過意不去，但即使他繼續在機車上加裝飛彈、機關砲或火箭發射器等追加武裝，還是無法想像他的愛車能夠躋身「七神器」的行列……

春雪想到這裡，忽然覺得好像想到另一個連想，皺起眉頭思索。但思緒尚未理出頭緒，黑雪公主就輕聲清了清嗓子，對晶說：

「嗯……不好意思，我離題了。也就是說，即使加速研究社企圖創造出『災禍之鎧』第二，也沒辦法再拿神器來當媒介了……」

「是啊，這點我也同意說。」

「而且缺乏的要素還不只這些啊。鎧甲那種強悍的本質，應該是來自那負面心念的凝聚體，經過歷代裝備者的長年蓄積、培養，達到有著虛擬靈魂的境界……也就是春雪所說過的『野獸』。」

黑雪公主指出這一點，春雪就把自己本來在想的事情擺到一旁，重重點頭回答：

「是啊，他真的好厲害。不管敵人使出什麼攻擊，甚至連心念攻擊都不例外，都可以做出預測，還會把攻擊軌道和招式種類顯示在視野中。而且穿上鎧甲的人還能學會歷代Disaster的所有拿手招式，愛怎麼用就怎麼用。像先用『閃身飛逝』再接『雷射劍』的連段，根本就是最強……」

看到春雪握緊雙拳說得起勁，黑雪公主瞪大眼睛看著他好一會兒，才拿他沒輒似的苦笑。

「聽你的口氣，總覺得你好像很站在『野獸』那一邊啊。」

「啊、沒、沒有啦，也不是這樣……」

「不過你想表達的意思我都聽懂了。『野獸』就是這麼強悍，所以Chrome Disaster才會那麼強……你要說的就是這麼回事吧？也就是說，即使研究社那幫人成功製造出具有寄生能力與精神支配力的『災禍之鎧Mk2』，並且讓它累積負面心念，要能發揮和Mk1同等的性能，還得花上好幾年……不，考慮到沒辦法拿神器當成媒介，想來應該得花上更長的時間。到了這個時候，那幫人會去訂立這麼悠哉的計畫嗎……？」

最後這句話是朝晶問的。

她在初代黑暗星雲擔任情報分析幹部，並不立刻回答，而是將她一對棕褐色的眼睛轉往窗外的晚霞。她彷彿在凝神觀看什麼事物，瞇起了眼睛，幾秒鐘後悄聲說：

「……加速世界裡，還存在著另一個符合『巨大負面心念凝聚體』這個說法的東西……就連現在這一瞬間，它也分分秒秒都在不斷成長……」

「……！」

一聽到這番話，春雪與黑雪公主立刻尖銳地深深吸一口氣。

因為直到晶明白指出來，他們才想到這件事。那個物體會從多名超頻連線者身上吸取敵意與憎恨等負面的意志……也就是負面的心念，不斷累積下去。成長方式和災禍之鎧上的「野獸」相同，但更加黑暗而凶煞。

「……ＩＳＳ套件，本體……」

春雪以沙啞的嗓音說到這裡，黑雪公主就對晶問說：

「可倫，妳……看過了嗎？看過位於東京中城大樓的ＩＳＳ套件本體……？」

但她說到這裡卻先住了口，隨即低頭道歉：

「抱歉，妳根本不可能看到啊……畢竟妳在無限制空間的分身，到現在都還困在禁城東門

……」

「Lotus，妳不用道歉的說。攻略禁城是包括我們『四大元素』在內，所有團員的意思。而且不管換來什麼樣的結果，全軍團一起朝著禁城走去的那一晚，到現在還是我寶貴的回憶說。」

晶平靜地這麼回答完，就恢復原來的語氣說下去：

「……ＩＳＳ套件的本體，我並沒有直接看過說。前不久，一個我護衛過的超頻連線者裝上了套件……那孩子把套件的性能，以及有關強化與增殖的情報告訴我。我就是從這些情報，推測出套件是採用中央集權式的結構。」

「……請問，這位玩家，現在還……」

——還好嗎？

看到春雪用視線問出這個問題，晶輕輕搖了搖頭。

「從三天前就斷了聯絡。我想，多半是ＩＳＳ套件的精神支配力，壓過了他和我之間的關係說。」

晶說話的聲調與表情還是一樣經過抑制，但春雪仍然看見鏡片下的眼睛露出哀傷的神色。

這也難怪。對加速世界唯一的保鏢「唯一的一」Aqua Current來說，所有她接了委託組成搭檔，從耗光點數的危機中拯救出來的新手都像是她的「下輩」。

「三天……如果還只過了三天，說不定只要靠Lime Bell的必殺技……」

春雪無意識地說出這句話。他想到的，當然就是世田谷戰區的軍團「Petit Paquet」。

這個軍團是由有著巧克力材質裝甲的Chocolat Puppeteer，以及她的「上輩」與「下輩」等區區三人所構成，但除了Chocolat以外的兩個人都遭到ＩＳＳ套件汙染。

但在Chocolat拚命的呼喊，以及Lime Bell的時間回溯能力「香櫞鐘聲．模式Ⅱ（Citron Call Mode II）」，成功地將套件從她們兩人身上分離出來，還原成封印卡狀態。就原理上而言，同樣的事情應該也可能發生在Aqua Current的委託人身上。

晶一瞬間雙眼注視春雪，但隨即又搖了搖頭。

「謝謝你。可是狀況演變到了這個地步，只個別針對終端機處理是沒辦法解決問題的說。從目擊情報歸納出來的結果，套件裝備者每天都在持續增加十個人以上。我想，只要超過一定的門檻值，多半就會發生類似爆炸性感染的情形說……」

「……然後ＩＳＳ套件繁殖的目的，就是匯集大量的負面心念灌進災禍之鎧二號機……這就是晶的看法了……？」

晶對表情嚴肅的黑雪公主輕輕點頭。

「我不知道這是不是他們的全部目的，但我想可以肯定是用途之一。」

「唔，理由是？」

「這個理由……也就是我今天會來到杉並戰區……在幸和春同學面前現身的理由說。」

這句意想不到的話，讓春雪與黑雪公主同時輕輕倒抽一口氣，等她繼續解釋。

「……加速世界裡，出現了一個不知道上輩是誰，也並未加入軍團，卻強得超乎常理的金屬色新人。從大概一週前聽到這樣的傳聞時，我就一直在收集相關情報，還曾經直接觀戰過幾次……雖然是用觀戰用的偽裝虛擬角色觀看。」

「……Wolfram Cerberus……」

聽春雪以沙啞的嗓音這麼問，晶輕輕點頭回答：

「正是。他……不管是登場的方式、超出常識的實力，還是金屬色角色的身分，甚至就連整體的氣氛，都讓我想起一個人……想起一個在很久很久以前就消失的超頻連線者，第二代Chrome Disaster『Magnesium Drake』……」

「……！」

春雪昨天午休時間，才剛從黑雪公主口中聽到過這個名字。說他在加速世界的黎明期出現後，建立高度的人望，卻突然被「鎧甲」吞噬，成了第二代Disaster。造成大量流血後終於遭到討伐……

「……可倫，妳直接認識Drake？」

晶點點頭回答黑雪公主的問題。

「我跟他對戰過很多次，也聊過很多次說。因為我的力量是水，他的力量是火焰，我們彼此都當對方是對手。只是這些也都是我進黑暗星雲之前的事了。」

晶抬起頭，又朝窗外看了一眼，露出望向遙遠過往的眼神說下去：

「……我沒能跟『上輩』相處多少時間，所以也有不少事情是跟Drake學的。像是自己的能力可以怎麼用，對戰的技巧，還有超頻連線者該有的覺悟……所以我覺得我跟他既是敵手，也是朋友……可是，有一次Drake突然失蹤，回來的時候已經成了另一個人。他身穿災禍之鎧，不管是在正規對戰，還是無限制空間，都對無數超頻連線者下了毒手……就連他用比以前強了好幾倍的火焰焚燒我的時候，也沒有一點遲疑……」

「……可倫，姊……」

看到春雪忍不住叫了她一聲，晶則回以微笑表示自己不要緊。

「這已經是很久很久以前的事了……可是前不久的星期日，我第一次看到Wolfram Cerberus的時候，一瞬間還把他錯認為Drake。雖然Drake個子大得多，顏色也不一樣……可是整體的感覺相當相似。不只是外表，還有氣氛、強悍，以及來路不明這些特點也都很像。所以……我才會推測……不，是有了一種直覺，覺得又會發生一樣的事情……」

「妳說一樣的事情……就是指Chrome Disaster的出現，是吧？」

「是。當然我知道『鎧甲』已經由春同學親手封印，可是……以前Drake變成Disaster的時候也是一樣。初代Disaster遭到討伐後，加速世界的居民就深信那個可怕的狂戰士再也不會出現。

可是……

「……『鎧甲』還是出現，再度造成了大量的流血……」

晶聽黑雪公主小聲說到這裡，深深點頭：

「這只是假設，但如果Wolfram Cerberus和Drake負責扮演『裝備鎧甲之人』的角色，那麼加速世界當中應該就有『試圖創造出鎧甲的人』。我就是想到這件事，才會儘可能觀看Cerberus在本週的每一場對戰。雖然很遺憾的時機不巧，春同學前天和昨天跟他的對戰，我就都沒能看到……」

「是、是這樣啊？」

春雪縮起脖子，這位他以前的搭檔微微一笑：

「我本來以為今天終於可以看到，但春同學一直沒出現說。不過看樣子Cerberus也一樣在等春同學，今天一整天他都不主動挑戰別人，過了一會兒，還從對戰名單上消失。所以我就想到他可能是自己跑去黑暗星雲的領土……我雖然也很猶豫，但還是搭電車從中野來到杉並說。我在高圓寺車站下車，在車站的椅子上連上全球網路，為防萬一，還打開了亂鬥模式的接受挑戰功能……」

「然後就被拖進Cerberus開啟的這場亂鬥之中了，是吧？」

「是。可是我本來當然打算不參加對戰，只專心觀看Cerberus和春同學的對戰，沒發生什麼事的話看完就回去……可是，我萬萬沒想到『她』會闖進亂鬥空間，甚至還介入對戰……」

「……妳是指『四眼分析者』……Argon Array，是吧？」

春雪這麼問，晶就以罕見的俐落動作點頭承認。

「如果是為了我本來的目的，也就是收集情報，本來我應該繼續躲起來觀察她的言行……可是看到她那樣單方面攻擊春同學和Ash Roller，我就越看越氣不過，終於忍不住插手了。只是插手歸插手，卻沒怎麼幫到你們……」

「哪……哪裡，妳幫的忙可大了！」

春雪猛然喊出這句話，接著更朝晶探出上半身說：

「我被Argon Array的雷射攻擊打得毫無招架之力，懊惱得想哭，可是又站都站不起來……那個時候當我看到大樓上的可倫姊，真的覺得好感動。當時我的記憶明明還沒恢復，卻覺得全身都湧起了力量……都是因為有可倫姊在，我才能挺身再打。」

看到春雪說得忘我，晶先露出今天現身以來最溫和的笑容對他說：

「……Silver Crow，你已經變得遠遠比我想像中更強了。看著我護衛過的超頻連線者成長茁壯的模樣，就是我最開心的事。雖然事出突然，但今天能這樣跟你重逢……我真的覺得很慶幸說……」

黑雪公主清嗓子的三發點放咳嗽聲，從深情對望的兩人間掃過。

「呃，春雪，真的很不好意思，在你遇到危機的時候沒能幫你。畢竟我是當觀眾啊！還有晶，聽妳的口氣，怎麼好像跟我重逢對妳來說只是順便？」

春雪當然嚇得往後縮，晶則將視線移到黑雪公主身上，用姊姊看著愛撒嬌的妹妹似的表情呵呵一笑。

「幸，妳跟以前一點都沒變說。」

「妳……妳是說我都沒長進？」

「我當然是在誇妳說。讓我獻上劍的軍團長沒有任何改變，一如當初地等著我，我哪有可能不高興說。」

晶先頓了頓，接著凜然端正表情、姿勢與嗓音。

「相信這一定也是永恆流動的水在引導。幸……不，黑之王Black Lotus，我Aqua Current，希望就從今天這一瞬間起回歸黑暗星雲。妳願意准許嗎？」

這段突如其來的宣言，讓黑雪公主被打了個措手不及，連連眨眼。

但她一對漆黑的眼睛立刻閃出光芒，整個人從沙發上猛然站起，繞過玻璃茶几走到晶身前，筆直伸出右手。

晶執起她的手站起，黑雪公主就從貼緊的距離，看著這對高度幾乎和自己一樣的棕褐色眼睛，輕聲說：

「當然，那當然了……歡迎回來，可倫。」

「……我回來了，Lotus。」

說完兩人同時走上一步，雙手牢牢圈住彼此的身體。

儘管不像兩個月前她在新宿車站南方陽台上和倉崎楓子擁抱時那樣哭得聲淚俱下，但春雪仍然明白感受到兩人的心交融、共鳴，讓一股溫暖的光波填滿了客廳的每一個角落。

二〇四七年六月二十七日，前期黑暗星雲瓦解後過了兩年又十個月。

「四大元素」之一——「水」的Aqua Current，繼「風」的Sky Raker與「火」的Ardor Maiden之後，也回歸到黑暗星雲之中。

4

兩天後——六月二十九日，星期六，下午三點。

春雪來到蓋在梅鄉國中第二校舍後的飼育小木屋裡。

他用地板刷，將潑了水的地板從內往外仔細刷出去。平常地板都鋪著一層有著撥水塗層的墊子，所以乍看之下並不怎麼髒。但為了讓這間小木屋的主子保持健康，他們每週都會刷洗一遍。

這小木屋的主子，也就是白臉角鴞小咕，站在已經成了牠固定位置的左側棲木上，脖子不時繞圈轉來轉去。牠並不是在監督春雪工作，而是察覺到整個學校的氣氛都變得浮躁起來，畢竟明天的星期日，就是梅鄉國中的校慶當天。

體育館的舞台上有管樂社在進行最後一次全套演練，前庭則迴盪著校慶牌門製作小組殺氣騰騰的喊聲，甚至遠從隔了兩棟校舍的運動場，都有練習創作舞蹈的喊聲傳來。

春雪是第二次參加校慶，但他並不討厭這種國小時未能嚐到的「由學生主辦的慶典」感覺——只是他今年又參加了負責班級展覽這種比較不起眼的小組，而他們的展示內容選了「三十年前的高圓寺」這種略嫌嚴肅的主題，展示內容也早在一個小時之前就準備完畢。剩下的工作，也就只有明天早上將春雪負責的AR（擴增實境）顯示檔案上傳到校內網路並加以執行而已。

千百合的田徑隊要推出可麗餅攤位，拓武的劍道社則要表演扮裝舞蹈，兩人都還在忙著準備。他們說預計四點出頭就會結束，所以來得及參加傍晚的領土戰（當然不是指校慶的表演，而是加速世界的領土戰）。但要是有什麼萬一，就會面臨少掉他們兩人的處境，得靠四個人防守領土。

……不對。

不是四個人，是五個人。因為就在前天的星期四，黑暗星雲迎來了期盼已久的新團員，總人數達到了七人。

想到這裡的同時，一股暖流就要填滿胸口，但這股暖流立刻又消失無蹤。因為這讓他連想到昨天星期五放學後進行的，不，應該說並未進行的那場對戰。

春雪昨天一餵完小咕就衝出學校，獨自前往中野第二戰區，目的當然是為了和Wolfram Cerberus對戰。春雪希望和Cerberus打一場不會有人來礙事的正規對戰，好好跟他盡情以拳交心，再度呼喊他，要他跟自己來，跟自己當伙伴……當朋友。

然而……Cerberus這一週來每天都在中二戰區對戰，但昨天春雪不管等到幾點都等不到他現身。

反而被來觀察情形的黑雪公主與楓子逮到，演變成讓她們兩人直接跑去有田家過夜的意外事態。這當然很開心，但過了一晚之後，遺憾的心情終究不由自主地甦醒過來。不，或許不安還更勝遺憾。因為春雪想到，也許Cerberus再也不會出現……或者等他下次出現時，已經產生了決定性的改變。

春雪想著這些複雜的心事，用力刷著地板……

【UI＞請問是哪一邊？】

這串櫻花色的字串，從他顯示在視野中沒關的無線交談視窗中流過。

春雪抬起頭一看，看到一名年紀比他還小的少女，右手拿著地板刷站在小木屋的入口，面帶微笑地歪著頭。她為了讓自己不用擔心弄濕衣服而換上的白色運動服胸口，繡著不屬於梅鄉國中的校徽。

「什……什麼哪一邊？」

春雪停下手這麼反問，就讀姊妹校松乃木學園小學部四年級，同時也是梅鄉國中飼育委員會「超委員長」的四埜宮謠抬頭看著春雪，同時左手在空中比劃幾下。

【UI＞因為有田學長的表情，好像有一半高興，有一半寂寞。】

交談視窗以比用嘴說還快的速度顯示出第二行字。

春雪想了一會兒，點點頭說：

「嗯，也許吧……昨天我照顧完小咕就去了一趟中野，卻沒能跟Cerberus對戰。這可能就是我寂寞……應該說是讓我表情寂寞的理由吧。」

【UI＞是這樣啊……】

微笑從謠的臉上消失，讓春雪趕緊補充說明：

「不過也難怪啦，如果他也是國中生，在現實世界應該也有很多問題要處理。而且等到了七月，就要開始期末考了。」

最後這句話對春雪自己造成了損傷，一陣天旋地轉，讓謠的嘴角再度露出微笑。

【UI＞一定很快就能見到他的。那麼，學長表情高興的理由是什麼呢？】

「這……」

春雪剛要開口，又趕緊閉上嘴。

前天放學後發生的一連串事件——與Cerberus展開的那場突發性的亂鬥，Argon Array插手，以及「表情開心的理由」也就是Aqua Current的登場與回歸軍團，都預計在今天領土戰前對所有團員報告。就連昨天跑到有田家過夜的楓子都還不知情。

「……呃，這還要保密一陣子。」

聽到春雪的回答，謠先瞪大眼睛眨了眨眼，才可愛地鼓起臉頰。

【ＵＩ＞連對我這個飼育委員會超委員長也要保密？】

「這、這職稱只是井關同學自己取的吧？」

春雪這麼一說，腦中就響起了表示答錯的音效。

【ＵＩ＞幸幸竄改……不，是修正了委員名簿，把我的職稱改成「校際交流生」兼「超委員長」。所以這已經是正式的職稱了！】

「咦、咦咦？」

——學姊又來了，覺得好玩就亂搞一通。

春雪想著這個念頭同時打開校內網路的飼育委員會專用網頁，看到在身為委員長的春雪名字上方，確實有著超委員長四埜宮謠的名字在閃閃發光。春雪用眼角餘光看著得意地挺起胸膛的謠，想了一會兒，然後對棲木上的角鴟說：

「喂～～小咕，有些事情就算對上司也不能說，你說對不對？」

他一問之下，這隻主宰梅鄉國中飼育委員會的猛禽類生物就很不當一回事地動了動，同時拍動兩三次翅膀。春雪把牠的動作解釋為肯定，轉身面向謠說：

「妳看，小咕也這麼說。」

【ＵＩ＞利用小咕太卑鄙了啦！】

謠先把臉頰鼓得比剛才更脹了五成左右，接著才無聲地展顏歡笑。接著用力舉起右手的地板刷，靈活地只用左手繼續打字。

【ＵＩ＞那就等打掃完再請學長說明。來，我們趕快掃完吧。】

刷完地板再用拖把拖過，重新鋪好墊子並洗完洗澡用的水盆時，時間已經過了三點三十分。聽說給了謠「超委員長」稱號的井關玲那，因為她們Ｂ班的班級展示準備進度大大落後，忙得不可開交，所以今天並未出席委員會的活動。即使如此，她一開始就肯直接來道歉，就可說是值得感謝。因為另一名委員，也就是Ａ班姓濱島的男生，則是從第一天之後就完全沒出現過。

因此，當他們兩人在委員會活動日誌上署名並將檔案上傳後，就結束了本日的活動。

【ＵＩ＞那我去換衣服，請學長稍等一下。】

謠一隻手拿著手提包朝他一鞠躬。一直請她拿第二校舍一樓廁所當更衣室，實在過意不去。但只有體育館與第一校舍有像樣的女子更衣室，而這兩棟建築物都離這後院相當遠。

「妳、妳慢慢來。」

春雪目送謠離開，坐到樹下的椅子上鬆了一口氣。

時間過得很快，從受命擔任飼育委員以來已經過了十二天。打掃小木屋與幫小咕量體重等等的工作他也漸漸習慣，雖然還不能直接餵牠，但覺得委員會的活動完全成了他日常生活的一部分。

剛開始看到這間堆了多年腐化落葉的小木屋時，他還覺得根本不可能把這裡打掃乾淨，看到小咕時也覺得自己絕對沒辦法照顧這麼大的鳥。畢竟春雪本身就根本無意從事任何種類的課外活動。之所以會被選為委員，也是因為冒冒失失亂舉手，並不是有意報名。

他在學校總是拚命縮頭縮尾，盡力低調。不讓自己太顯眼，本來這是他唯一而絕對的規則。即使在認識黑雪公主，從她手中得到令人驚奇的思考加速程式「BRAIN BURST」後，現實世界的自己也沒有任何改變……想變也變不了。他一直這麼覺得。

不，想來實際上也並未有過任何改變。他還是一樣害怕陌生學生的視線，在課堂上也是一被叫到就會額頭冒汗。這飼育委員會，也不能否認是因為有同樣身為超頻連線者，而且還是同個軍團團員的謠陪著，才能繼續到今天。

幾天前，春雪在籃球練習比賽中太賣力而昏倒，被抬到保健室時，不惜翹掉自己的課也跑來看護的黑雪公主就說了一句話：「當然我們在現實中做不出超越物理定律的事，但卻可以透過想像力的幫助，來克服(Overwrite)看似絕對超越不了的障礙」。

對春雪來說，所謂絕對超越不了的障礙，說穿了就是自己。他又矮又胖，學業跟運動都不拿手，也沒有勇氣對抗霸凌他的不良少年。

就是這種負面的自我認知(想像)，把自己困在一個小小的牢籠裡。照黑雪公主的說法大概就是這樣。

然而就算想對現實中的自己抱持比較正面的印象，卻找不到任何可以作為根據的優點。雖然說他在打掃小木屋以及上次的籃球比賽中還挺賣力的，但這種事其他任何一個學生也都做得到。只是從負100分變成負95分而已。

打從去年秋天成了超頻連線者以來，春雪不只是在加速世界，在現實世界也認識了許多新的朋友。超委員長四埜宮謠／Ardor Maiden就是其中之一，此外倉崎楓子／Sky Raker、日下部綸／Ash Roller、冰見晶／Aqua Current，當然還有黑雪公主／Black Lotus。她們不只透過對戰虛擬角色，還與現實中有血有肉的春雪接觸，鼓勵他，從背後推他一把。不知道多少次告訴他說：

「你有你不可取代的存在價值」。

春雪絲毫無意懷疑她們的話，也想著為了不辜負大家的期待，今後也要全力以赴。

可是——

要是我不再是超頻連線者Silver Crow呢？要是我完全失去加速世界的記憶，變回了原來那個什麼都沒有的有田春雪呢？

到時候，她們會不會變得像他們當時那樣？像他們那樣在深夜關了燈的客廳，也沒注意到我在聽，就用壓低但尖銳的聲音爭吵。變得像當初說他們不要我的爸爸和媽媽一樣……

忽然間聽到一陣拍動翅膀的聲音，讓春雪抬起頭來。朝左側的小木屋一看，就看到小咕在鐵絲網的另一頭張開灰白色的雙翼，用一對圓滾滾的紅金色眼睛凝視春雪。

牠的全長只有二十幾公分，在貓頭鷹目裡面算是比較小的品種，張開翅膀後卻極為威武。不但翅膀的形狀和街上常見的烏鴉與竹雀完全不一樣，用來捕捉獵物的腳也十分強健，讓人深深體認到牠個子雖小，卻實實在在屬於猛禽類。

然而牠的其中一隻腳，卻留有一道令人怵目驚心的閃電狀傷痕。這是牠的上一個飼主從牠身上強行剜出識別用微型晶片而留下的傷痕。這個飼主因故不想再養小咕，又想逃避動物愛護法修正案的處罰，就做出這樣的事來。

「……你也是被人拋棄的啊……」

春雪這麼一說，角鴞就慢慢收起翅膀，轉了轉頸子。彷彿在對他說：「那又怎麼樣？」

小咕被飼主拋棄後，在松乃木學園的校地內由謠收養，但聽說當時牠因為傷口出血過多，處於瀕死狀態。好不容易撿回一命，卻又因為飼育部遭到廢除而失去住處，要是找不到人認養，到頭來還是免不了遭到撲殺。所以小咕現在能活得好好的，可說全是靠著謠拚命的努力。

然而小木屋裡的小咕並未顯露出絲毫悲慘或卑微，始終高尚而優美。當然這只是春雪自己這麼覺得，但想來牠應該不會在意有沒有別人需要自己這種事情。牠就只是在自己的世界裡，單純地活出自己的生命。

「……你真的好帥啊。」

春雪說著從椅子上站起，雙手猛力往上伸直，伸了個懶腰。

要在別人的視線或言語中尋求對自己保持正面認知的根據，根本是從大前提就錯了。即使根據小得像沙子，也只能從自己身上找出來，一點一滴地累積。所幸現在每天都有堆積如山的難題，明天的校慶得確實讓班級展示的內容播放順利，之後的考試也非得想辦法過關不可——而在十五分鐘後，就是本週的領土戰。相信只要把這些難題一一解決，一定可以找到一些啟示。

——沒錯，想必我以前也是這樣熬過來的。

這時背後傳來輕快的腳步聲，回過頭去一看，就和換上了純白連身制服的謠四目相對。這個比他小了整整四歲的少女，以蘊含了深邃睿智的一雙大眼睛正視春雪的臉孔，接著彷彿看出了什麼似的微微一笑。

【UI＞打掃辛苦了。我們領土戰也要加油！】

她打出的字串十分簡潔，卻像是在體諒春雪那無盡的迷惘與畏懼之後，仍然打出這樣的話。春雪點點頭，丹田蓄力回答：

「嗯，我們要加油！」

線上對戰格鬥遊戲BRAIN BURST的「領土戰爭」——也就是軍團與軍團為了爭奪戰區支配

權而戰的團體戰，是在每週六下午四點舉辦。

進攻方要事先從ＢＢ主機畫面來編組並註冊攻擊團隊成員，然後——當然是在現實世界——移動到要攻擊的區域內等待。到了四點就由隊長加速，打開正規對戰用的對戰名單，支配該戰區的軍團名稱就會出現在最上面，然後就要選擇軍團名稱來展開對戰。

防守方也要事先註冊防守團隊，在領土戰區內等待，這個部分是一樣的。但當時支配該戰區的軍團可以獲得優勢，即使本尊並未待在戰區所在領土，也一樣可以參加相鄰領土的防守戰。也就是說，只要在存在於杉並第二戰區的梅鄉國中待命，就可以兼顧到北邊的第一戰區與西邊的第三戰區。

只是要參加防守戰，當然必須連上全球網路。校內允許學生連上全球網路的管道，就只有學生會室的桌上型電腦，而且還限定只有放學後才能上線。但黑雪公主也不是省油的燈，早已偷偷避過前者的限制。春雪等黑暗星雲團員都已經得到連往學生會專用電腦的權限，只要拿這部電腦當跳板，就可以經由校內網路連上全球網路。

因此春雪與謠並肩坐在飼育小木屋旁的長椅上，決定從這裡參加領土戰。一場戰鬥的時間和正規對戰一樣，最多是三十分鐘——現實時間則是一點八秒，但來進攻的隊伍一多，要等的時間就會變長，所以多少需要進行一些準備。春雪把事先在福利社買的鋁箔包飲料交給謠，她也從手提包裡拿出裝在小紙袋裡的花林糖交給春雪。

「謝、謝謝妳。」

春雪道謝後接過，接著一看到紙袋上印的【五色花林糖】字樣，就覺得一股窩心的心情填滿整個胸膛，表情也自然放鬆。

【UI>學長那麼喜歡花林糖喔？】

謠以覺得不可思議的表情打出這行字，春雪趕緊連連點頭。

「嗯、嗯，我超喜歡的。謝謝妳，四埜宮學妹。」

春雪的確喜歡，但之所以會露出笑容，是因為連想到一位念起來和花林糖有點像的超頻連線者。但都保密到現在了，總不能在這種時候被她猜到。春雪繃緊表情，看了看虛擬桌面上的時鐘。下午三點五十五分。

「那，差不多要開會了，我們就連上學生會伺服器吧。」

春雪這麼一說，就和謠同時動了動手指。點選放在比較深處的圖示後，進行個人資料認證，並顯示出追加新網路的對話框。這樣一來，春雪和謠除了連上梅鄉國中校內網路，同時也連上了黑雪公主在學生會專用機內建構的領土戰準備用封閉式網路。

就這麼等了一會兒，到了三點五十七分的同時，就聽到一個熟悉的加速聲響，視野中出現一排宣告對戰開始的字串熊熊燃燒。但當然不是領土戰已經正式開戰，是軍團長黑雪公主與春雪利用正規對戰，來進行防守前的會議。

當白銀的對戰虛擬角色Silver Crow踏上「月光」場地的白色地面，身披緋紅色與木棉色的巫女型虛擬角色就在離他稍遠的地方落地。是謠所控制的Ardor Maiden。他們兩人在現實世界中坐在同一張長椅上，但Crow是對戰者，Maiden是觀眾，所以起始出現位置會自動拉開。

原則上觀眾不能進入對戰者半徑十公尺內的範圍，但上下輩與同軍團團員則不受這個規則限制。春雪利用等謠走近的時間，先破壞了兩三根在附近有如長槍般聳立的細針葉樹，累積了一點必殺技計量表。由於會議要在運動場進行，從後院走過去會有點費事。

巫女型虛擬角色走到相當於現實世界中小木屋的超小型神殿前停步，看了看裡面說：

「小咕果然不在裡面說。」

「這、這當然了，畢竟BRAIN BURST會重現的只有地形……」

春雪這麼一回答，轉過頭來的Maiden一對紅色鏡頭眼就閃閃發光：

「以前曾經有一頭現實世界動物園裡頭的大象，在原始林空間裡變成了一頭好大的長毛象……我聽過這樣的傳聞。」

「是喔！這我還真有點想見識見識……那我們下次到上野動物園去實驗看看吧？」

「這是在找我出去約會嗎？」

「約……約？不、不是，這個，不是這樣……純粹是從身為超頻連線者的戰術見地……」

看春雪辯解得吞吞吐吐，Maiden就開心地嘻嘻一笑。現實世界中的謠幾乎發不出聲音，只能面露微笑，所以只有在這個世界可以聽見她的笑聲。只是即使在這個世界，也極少聽見她笑。

春雪正想陪她一起笑，卻聽到遠方傳來一陣低沉的建築物崩塌聲，同時顯示在視野右上方的Black Lotus必殺技計量表大幅增加。是黑雪公主破壞了某種巨大的物件，理由想當然是因為春雪集合遲到。

春雪先縮了縮脖子，趕緊張開背上的翅膀。

「那、那我先過去運動場那邊了！」

如果能抱著謠飛過去當然最好，但遺憾的是他沒辦法挪動身分是觀眾的Maiden。春雪將揮著手的謠留在後院，以尖銳的攻角起飛。

一口氣飛過第二校舍、中庭與第一校舍之後，就在有著蒼藍月光照亮的運動場中央看到一個纖細的輪廓。本來應該有兩座的大型照明燈，其中一座已經被從底部斬斷而消失。春雪再度背脊一顫，在著地的同時深深一鞠躬。

「學、學姊好，對不起我遲到了！」

「不，你不用道歉。團員之間感情好，當然是好事啊。」

漆黑的對戰虛擬角色——黑之王Black Lotus，回應的聲調十分尖銳。照理說約會云云的談話內容她不可能聽見，但黑雪公主在這種時候發揮的超感知能力，是無法用加速世界的定律去忖度的。

正當春雪猶豫著是否該繼續嘗試辯解，所幸周圍接連響起了虛擬角色出現的聲響。是Ardor Maiden、Cyan Pile與Lime Bell靠著自動跟隨功能傳送到了這裡。

「午安，幸幸，千百合學姊，黛學長。」

謠鞠躬行禮，千百合與拓武馬虎地回禮後，不約而同地雙手伸到面前合掌說：

「黑雪學姊，小謠，對不起！」

「對不起，軍團長，我跟小千的校慶準備還沒弄完……」

儘管早已料到，但春雪聽了之後還是忍不住大喊：

「咦，咦咦？那小百阿拓不參加今天的領土戰了？」

「就叫你不要把我們叫得像吉野家的醬多一樣了！有什麼辦法？我現在正在攤位試作可麗餅，現在的開會時間是先講好的，所以還能準備好加速。可是領土戰又不知道什麼時候會開打……」

Lime Bell雙手扠腰這麼一說，Cyan Pile也用右手的打樁機（Pile Driver）搔著後腦勺說下去：

「我也正在練習跳舞，看樣子沒這麼快脫身。小春，今天可不可以請你不靠我們兩個，努力拚看看？」

「拚、拚我當然會拚啦……」

就在春雪答出這句話時，左方又發出了出現聲。傳送過來的是個坐在銀色輪椅上的女性型虛擬角色。她苗條的肢體上穿著純白的連身洋裝，同樣純白的寬邊帽子下，垂下一頭發出藍銀色光芒的長髮。是擔任軍團副團長的Sky Raker——倉崎楓子。

Raker歷經赫密斯之索的那場賽車找回了失去已久的雙腳後，已經不必再使用輪椅型強化外裝。但其實對她而言，這輪椅不但不是包袱，反而還是能將她的機動力提升好幾倍的強力武器。雖然如果不是在地面平坦而且堅硬的場地，就無法發揮性能，但派不上用場的時候當然只要下來就好了。

也因此，楓子在領土戰時始終會坐著輪椅出擊。現在她就從月光場地的地面所鋪設的地磚上滑過來，先點頭打了個招呼後笑嘻嘻地說：

「不用擔心的，鴉同學。既然千子跟黛同學不參加，本週我們就要組成兩個兩人小組來防守，我會讓鴉同學自由選擇搭檔的。」

「啊、這、這可謝了……等等，咦咦咦咦？」

春雪先不由自主地手按後腦勺稱謝，接著才嚇得上身後仰。楓子這句話的意思，就是要他從她、謠與黑雪公主之中，選出要跟誰組搭檔。當然她們三人的實力都無庸置疑，但這種狀況下實在不可能回答「跟誰都行」就了事。

Sky Raker笑嘻嘻的，Ardor Maiden則顯得有點認真……甚至有點迫切（理由多半是因為春雪的選擇有可能造成她得和楓子搭檔），Black Lotus則兩眼發出冰冷的光芒。春雪的視線依序在她們三人身上繞來繞去，最後才發現不對。

即使拓武和千百合不參加，防守團隊的合計人數也不是四人，而是五人。因為從今天起，有個新的團員將會參加，不，應該說是回歸黑暗星雲。而這正是春雪一直對謠保密的「高興的理由」。

春雪先呼出一口氣，朝Lotus輕輕點了點頭。

黑雪公主也解除了先前的不高興模式，露出淡淡的微笑氣息。右手劍微微舉起，先指向夜空中皎潔的巨大滿月，再慢慢轉動劍尖，橫向劃過運動場，再往上劃上第一校舍，指向屋頂的一處。

這個所有團員視線匯集之處，不知不覺間已經靜靜佇立著第七個人。是一個在蒼藍月光下發出沁涼光芒的流水型對戰虛擬角色——

「咦……」

楓子倒抽一口氣。

「啊……啊！」

謠發出小小的叫聲，千百合與拓武也表情震驚地呆住，春雪則在護目鏡下露出滿臉笑容。

流水虛擬角色就在六人默默注視之下，沿著校舍牆壁慢慢下到運動場上，細細品味似的一步一步走過來。隨著人影慢慢接近，開始聽到潺潺的流水聲，微小的水花飛舞在空中，反射出銀色的月光。

楓子與謠都彷彿被吸過去似的踏上幾步，流水虛擬角色就在她們兩人身前停下腳步。經過一陣子沉默之後，乘著水聲輕聲說道：

「……我回來了說，Raker、Maiden。」

即使聽到她說話，楓子與謠一時間仍然沒有反應，不，應該是反應不過來。又過了幾秒鐘後，她們才不約而同擠出微弱的聲音。

「是可倫……嗎……？」

「是倫姊……嗎……？」

「四大元素」中「水」的Aqua Current明確地點了點頭做為回應。接著她伸出雙手，連接在手背上的水輪往左右攤開，在空中畫出一個大大的心形。

楓子與謠同時衝上去，同樣攤開雙手圈住Current——晶的身體。

春雪心有戚戚焉地看著三人緊緊相擁，站在他身旁的千百合就小聲問說：

「小春……她該不會，是我們軍團以前的幹部……」

「是啊，是Aqua Current姊。她終於回黑暗星雲來了。」

「等等，小春，原來你知道喔？你知道卻還瞞著我們不說？」

春雪被她用強化外裝「聖歌搖鈴」的稜角在側腹部上直頂，趕緊辯解說：

「知、知道是知道，可是我也是在兩天前才碰到可倫姊啊！而且，這種場面還是要給人驚喜才熱鬧得起來。」

「就算這樣，也不用連我們都瞞吧！小拓你說是不是……嗯？小拓，你怎麼了？」

春雪和千百合一起轉身，就看到站在那兒的Cyan Pile把頭往左右歪來歪去。

「……Aqua Current……『四大元素』之一……記得我是聽說過這件事，可是她……是保鏢『唯一的一』……之前聽到這個名字的時候，我為什麼……」

「喂、喂，阿拓，你要不要緊……啊！對、對喔，你的記憶也！」

春雪將視線從想得面罩橫縫都要噴出蒸汽的拓武身上移開，朝著陶醉在感人的重逢當中的晶大喊：

「不、不好意思可倫姊，我知道妳們在忙！麻、麻煩妳幫阿拓也用一下那個，用一下記憶解放！」

去年秋天，春雪瀕臨輸光點數的危機，在神保町戰區與晶組成搭檔奮戰，才驚險地擺脫危機。但隨後卻受到能夠封印記憶的驚人心念攻擊「記憶滴落」影響，被迫忘記與Aqua Current認識的事，直到前天蒙她解除封印之前，都完全想不起有過這麼回事。看樣子跟他一起去到神保町的拓武，也被施加了這樣的封印。

眾人將戰場切換成亂鬥模式之後，拓武和春雪一樣蒙她喚回記憶，頻頻搖頭搖了好一會兒，才總算想通了似的點了點頭。

「原來如此……我總算知道妳為什麼能扮演『The One』、保鏢這種高風險的角色這麼久，卻與現實身分曝光無緣了。」

聽拓武這麼說，晶輕輕聳了聳肩：

「要擔保安全，有對方本尊的大頭照就夠了。過去我進行過封印的，就只有幾個從一開始就懷抱惡意來和我接觸的超頻連線者，以及……」

晶說到這裡先閉上嘴，之後才微笑著補上一句：

「……身為新生黑暗星雲團員的你們兩位。」

「真是的，只存了300點就急著升級，真的很像小春會搞出來的烏龍。」

千百合搖頭搖得尖帽左右晃動，接著面向晶，問出非常直接的問題：

「只是話說回來，可倫姊竟然能『封印記憶』，就算是心念攻擊，這效果也太誇張了吧。這到底是怎麼運作的？」

「Bell，在我看來，妳的必殺技誇張得多了——要詳細解釋我的心念運作邏輯，這場對戰都要結束了，所以我只簡單說一下……BRAIN BURST程式本身就有能力干涉超頻連線者的記憶，這我想在場的各位都知道。」

這句話讓春雪不由得發出感嘆聲。

之前都沒想到這當中的關連，的確太不中用了點。BRAIN BURST程式從失去所有點數的人身上的神經連結裝置強制反安裝時，還會將使用者與加速世界相關的記憶都連根拔除。春雪甚至在今年四月，親眼見證過實際的案例。

晶的視線在點頭的眾人身上掃過一圈，繼續說道：

「我的心念『記憶滴落』，就是以非常受限的方式發動這種力量，阻隔與我自己有關的記憶。對於具體運作模式的考察，等下次有時間的時候我會跟大家說。」

「真是的，可倫妳也太見外啦。就連同屬四大元素的我們，都不知道妳有這種能力呢。」

聽楓子這麼說，全身籠罩在流水之中的虛擬角色漫不在乎地答道：

「我見外是當然的。」

眾人聽到這話後笑了一會兒，黑雪公主就鏗的一聲擊響雙手長劍。

「我想大家這麼久沒見，一定有很多話想說，但總之我們黑暗星雲已經迎來了新的團員。Bell、Pile與Crow等三員，今後與Current並肩作戰的機會應該也會增加，請你們構思一些能發揮各自能力與特性的有效合作方式……至於今天的領土戰，由於Bell和Pile不能參加，我們要以五個人防守。不好意思，我要獨裁地決定怎麼分組。」

春雪有點緊張地等著她說下去。黑雪公主以充滿軍團長威嚴的堅定語氣，井井有條地指示各員負責的區域。

「南側的杉並第二、第三戰區，由我和Raker負責。而北側的第一戰區，就布署Maiden、Current與Crow等三人。拜託大家了。要是在『東京中城大樓攻略作戰』進行前被搶走領土，那種令人沒勁的程度可是足以媲美下水道場地的。」

5

參加領土戰的人數，原則上是由進攻方團隊去配合防守方團隊的人數。也就是說，如果防守方是三人團隊，即使進攻方是組成五人團隊，也會自動剔除兩人，只選出其中等級最高的三人進入戰場。

這個規則的例外，就是防守方只有兩人或一人的情形。由於進攻方的人數下限是三人，即使防守方的人數在兩人以下，仍然得以這樣的陣容迎戰三名敵人。

因此若是旗下超頻連線者多達數十人的巨大軍團互相進行領土戰，就會產生判讀對方團隊人數的心理戰成分。只要用三人團隊去迎戰十個人的大隊，就能讓對方有七個人無用武之地；而判斷不可能防守住所有領土時，也可以乾脆只把一個人布署在對方集中最多人數進攻的戰區，完成有價值的犧牲打。

只是話說回來，就杉並戰區現在的情勢而言，並不需要進行這麼爾虞我詐的戰略性布署。因為第二期黑暗星雲是個不滿十人的小規模軍團，乃是眾所皆知的事，進攻方也不會編組超過三人的團隊。要說有什麼事前預判的成分，也只有進攻方要如何避開有Black Lotus在的戰區，而理由也只是「沒這麼容易打贏她」。

但反過來說，這也表示在沒有黑之王的戰區，也就可能打得有聲有色。有些敵人說話比較難聽，選中沒有Lotus而有Crow在的戰區，還會喊說：「好啊，中獎啦！」所以春雪即使不和黑雪公主同隊，也絕對不能鬆懈。

因此四點剛過沒幾秒就開始本日的第一戰，來到以杉並第一戰區為舞台的戰場時，春雪立刻意氣風發地大喊：

「好，我們一定要防衛成功啊，Maiden、可倫姊！」

才剛喊完，卻又變得垂頭喪氣。

「嗚、嗚嗯……竟然是這個場地喔……」

放眼望去，四周的地形並沒有特別醒目的部分。道路與現實世界相似，鋪著灰色的柏油層，大樓群也全都是同屬灰色系的水泥材質。唯一醒目的，就是散布在道路上的大型人孔蓋

——而這正是「下水道」場地最大的特徵所在。

「……都怪蓮姊講那種話，才會真的抽到下水道。」

Ardor Maiden說這句話的聲調裡也少了力道。就連她身旁Aqua Current也一樣，明知這是她加入第二期黑暗星雲後值得紀念的第一場領土戰，流遍全身的水流也顯得有點無力。也難怪他們的士氣都會劇降，下水道場地本來就是自然系水屬性場地之中，鐵打不動的最不受歡迎場地

第一名。

但Aqua Current不愧是最年長，超頻連線者資歷也最久的一個，展現出一派冷靜說道：

「敵方團隊也是一樣難受。要比精神力，我們就更不能輸了說。」

「說……說得也是。下水道就只是又暗又臭又黏的水泥管而已啊！」

「……先不說形容貼不貼切，有這種志氣就對了說。所以呢，這場領土戰就請Crow擔任隊長，麻煩你了。」

「好的，我知道……等等，咦、咦咦？」

春雪慢了半拍才嚇到，但連Maiden也連連點頭：

「等戰鬥開始後，我跟倫姊會聽鴉鴉的指揮。期待你有好的策略！」

「……好、好的……我會努力……」

事到如今也不容他拒絕，春雪只好無力地點點頭，立刻看了看顯示在視野右上方的敵方陣容。

人數是合理的三人。從上到下依序是5級的「Blaze Heart」、同樣5級的「Ochre Prison」，以及4級的「Peach Parasol」。

這三個名字他都不陌生，甚至還曾經對戰過幾次。但春雪一看到這三個虛擬角色名稱，立刻小聲驚呼：

「咦……為什麼……？」

「怎麼了嗎？」

看到春雪的反應，謠覺得不可思議似的歪了歪頭，反倒是晶流暢地對她說明：

「Crow吃驚的理由……是因為這三個人，全都屬於紅色軍團『日珥』。」

「是、是啊。日珥跟我們現在處於無限期停戰狀態，講好領土戰時不會互相攻打。那，為什麼會突然……仁子，不，我是說紅之王，她明明都沒提到要開戰……」

春雪說到這裡，想到一個可能性，用力握緊了雙拳。

日珥與黑暗星雲之間的停戰協定，不同於六大軍團之間的永久互不侵犯條約，並未設有任何罰則，說穿了是一種君子協定。所以一旦事出有因的「衝動」壓過遵守條約的「理智」，對方就有可能在領土戰中來犯。

而現階段可以想見的幾個原因之中，最有可能的就是……

「難、難道……連日珥的團員，也成了ＩＳＳ套件感染者……」

春雪一說出這句話，晶與謠的臉上也閃過緊張的神色。春雪說得不敢置信，但早在十天以前，同屬六大軍團的長城之中就有人受到感染。而日珥領土所在的練馬戰區，與東京都內已經證實的三個ＩＳＳ套件發生來源之一——足立區相距不遠。

春雪深深吸一口氣，加快說話速度：

「之前ＩＳＳ套件感染者都不曾參加過領土戰。可是，會來也沒什麼稀奇的……如果敵方三個人都裝備了套件，應該會老實不客氣發動兩種心念攻擊，遠距離用『黑暗氣彈（Dark Shot）』，近距離就用『黑暗擊（Dark Blow）』。兩種攻擊都有著一旦挨個正著就會被瞬殺的威力。還有……」

春雪的視線朝場地北側一瞥。

「……如果敵人是套件裝備者，也可能不走下水道，從地上直線殺過來。」

本來在這下水道場地，無法自由在地面上移動，因為到處都設有又高又堅固的水泥牆阻擋。會設下這樣的路障，是為了逼玩家非得走下水道不可，但對擁有ＩＳＳ套件的人就沒有意義。兩種虛無屬性的心念攻擊，都能夠輕易打穿厚實的牆壁。

防守團隊的三人沉默了好一會兒，望向杉並第一戰區的北方。

在領土戰裡，無論現實世界的身體待在什麼位置，進攻方與防守方都會被分別布署在東西側或南北側。這次春雪等人出現在縱貫整個戰區的環狀八號線南端，所以敵方團隊應該會從這條道路的北端進攻。

換做是在其他屬性的場地，環狀八號線大道應該可以眺望到相當遠的地方，但在下水道場地就沒這麼容易了。短短幾十公尺外，就有滿是黑色雨漬的水泥牆擋住道路。要跨越這種牆壁，不是使用能爬上垂直壁面的特殊能力，就是走地下的下水道，再不然就是要飛。

「……我從上面去偵察……」

春雪話說到一半又吞了回去。要飛就得累積必殺技計量表，但下水道場地設計得極為周全，破壞地面上的物件也幾乎完全無法累積計量表。相對的，地下隧道裡卻準備了許多只要打壞一個就能大幅累積計量表的神祕汽油桶。也就是說，整個設計思想就是要玩家早早死心，乖乖鑽進下水道。

如果硬要在地面上累積計量表，唯一的方法就是打自己人或被自己人打。但領土戰裡若雙方生存人數相等，就會以剩餘體力的總量來決定勝敗，所以必須極力避免無謂的損傷。

Silver Crow最重要的飛行能力劈頭就被場地屬性封死，讓春雪垂頭喪氣，晶用略帶幾分笑意的聲音說：

「你情緒起伏劇烈這點，實在一點都沒變說。不用擔心，偵察就交給我。」

「咦……妳、妳要怎麼偵察……？」

Aqua Current不回答，走向最靠近的人孔蓋，從正上方朝生鏽的金屬蓋邊緣用力一踢。圓形的蓋子鏗鏘作響地翻起，滾落到地面上。

開出的孔洞直徑大概有將近一公尺，不用去看設在內側牆上的鐵梯，也知道這底下就是傳聞中的下水道。仔細傾聽，就會聽見像是沉重液體流動的水聲。

Aqua Current右手伸到人孔上方，指尖朝下，接著就有兩、三公升的水從在她全身運行的水流中流下，消失在人孔之中。

「請、請問，這到底……」

春雪莫名其妙，瞪大眼睛。以現象而言，就只看到Current把寶貴的流水裝甲當中的一部分丟進下水道。水量也許只占了一成左右，但遮蔽她全身的水膜顯然變薄了。

「交給倫姊就對了。」

謠在一旁以冷靜的聲音這麼說完，緊接著……

靜止不動的Current抬起頭來，理所當然地說：

「敵方團隊是從下水道接近，三人以密集隊形移動……再過幾分鐘就會抵達戰區正中央。」

「咦？妳、妳怎麼知道？」

「這是特殊能力『流體聽覺（Hydro Auditory）』。可以把所有摻了我的『水』的液體，都化為我的耳朵。剩下的我們邊走邊說。」

Current輕描淡寫地說完，就毫不猶豫地跳進腳下的人孔之中。她不爬鐵梯，像液體一樣沿著內側牆壁滑落，轉眼間就從春雪的視野中消失。

「還……還是得在下面打嗎……」

「可是情勢不算糟。既然對方不用心念攻擊破壞地上的牆壁移動，他們受到ＩＳＳ套件寄生的可能性就低了一些。而且，領土戰空間的正中央有著……」

聽謠這麼說，春雪也做出覺悟點點頭。

「有最大的據點，一旦先被他們占領就麻煩了是吧……好，小梅，我們也走吧。」

春雪伸出右手輕輕抱起Ardor Maiden嬌小的身體，就這麼走上幾步，跳進人孔之中。

他是第一次在這個場地打領土戰，但並不是沒碰過下水道場地，人孔的深度與內部結構也都記在腦裡。他在一片漆黑的垂直孔洞以自由落體方式跳下十公尺，來到寬廣而昏暗的空間後，就張開背上的翅膀減速。接著改以螺旋路線滑翔，在先走一步的Aqua Current身旁踩響水聲著地。

這裡是個有著半圓形剖面的巨大地下通道，直徑大概有六、七公尺。牆壁和地板也跟地面上一樣由水泥製成，卻爬滿了許多霉菌、青苔雨神祕液體，大大小小的金屬管線也都嚴重鏽蝕。只有裝設在天花板上的舊式日光燈作為照明，在燈光照不到的暗處，還有許多不知道是什麼種類的小型生物爬來爬去。

平坦的地上流著淺淺的水，而這些水汙濁得有著非常令人不舒服的灰色，光是泡到腳踝高度就已經足以造成重大的精神傷害。要是不小心跌得一頭栽進去，肯定會羞憤而死——而且春雪已經有過這樣的經歷。

春雪一邊下定決心，告訴自己今天絕對不跌倒，同時還是對抱在右手上的Maiden問說：

「小梅，請問一下，可以放妳下來……嗎？」

「……如果我說不行，你肯一直抱著我嗎？」

「咦、這、這個嘛，只要是在跟敵人接觸(Encount)之前……」

「這主意不錯說。」

晶剛從他左側發出這句話，整個人就靠了過來，春雪反射性地用左手抱起了她。只是雖說她們兩人都是嬌小的女性型角色，同時抱起兩個人，還是得承擔相當程度的重量。

「我、我說啊，要是這樣抱著妳們跑會有相當高的機率跌倒，然後一頭栽下……」

「不用擔心，去打壞那個就行了說。」

朝Current指的方向一看，的確有個圓筒型的輪廓盤據在暗處。是下水道場地的獎勵用物品——汽油桶。春雪小心接近以免跌倒，以一記腳踢粉碎汽油桶之後，裡頭就噴出神祕的發光氣體，短暫地照亮四周。被氣體噴到的春雪、晶與謠，必殺技計量表都集到將近半條。

「好，這樣一來，就可以抱著妳們兩位飛到戰場正中央了！」

「拜託你了。我的『流體聽覺』時間差不多要到了。離敵方團隊抵達正中央……估計還有一分三十秒。」

「這樣已經很夠了！」

春雪呼喊著回應晶，張開了背上的金屬翅膀。在封閉空間飛行很耗費心神，但只要能夠追蹤敵人的位置，就不必提防受到突擊，因此能夠以相當高的速度飛行。

春雪輕輕振動翅膀，讓雙腳離開汙水幾十公分後，開始進行水平飛行。轉眼間就飛過隧道的直線部分，前方出現左右兩條路。尚未放慢速度，晶就在他耳邊輕聲說：

「往右邊說。」

「了解！」

春雪傾斜身體，使出拿手的高速直角迴旋。翅膀的前端接連劃過水面，讓後方陸續激出水柱。

「總覺得好像電影一樣！」

謠在他右手懷抱裡發出興奮的聲音。聽她這麼一說，就更想加快速度。但若因為衝太快而撞到牆壁，三個人一起衝進下水，那可真是慘不忍睹。春雪告誡自己，趕路歸趕路，還是要慎重飛行。

「那邊就是正中央，敵方團隊也再過幾秒就會到了。」

「我要著地了。」

春雪大喊一聲，將雙翼張到最開，施加輕微的逆向推進力。他一邊放慢速度，一邊從隧道衝出來，來到一個圓形的地下空間。

春雪等人來時經過的同種下水隧道，從四面八方匯集到這裡，在中央匯集成一個灰色的湖。這個空間的直徑約有五十公尺，離半球形的天花板大概也有三十公尺左右。

湖的正中央有個小小的水泥島，島上有個發出藍光的金屬環飄浮在空中。這個一邊發出神祕震動聲一邊慢慢旋轉的金屬環，正是領土戰空間特有的「據點（Foothold）」。待在圈內就會自動累積必殺技計量表，所以如何占領據點——以及占領後如何防守，被對方占領後又該如何攻略，就是領土戰最基本的戰略成分。

尤其存在於關卡正中央的據點又通稱「要塞據點（Stronghold）」，有著比其他據點更大的充電環。如果是體型較小的虛擬角色，可以同時讓三個人——儘管恢復速度會稍稍變慢——充電，所以能否搶占這個據點，往往會對勝敗有關鍵性的影響。

因此春雪為了搶占還沒有人占領的要塞，就要直接飛向湖中央的小島。然而……

「快躲！」

幾乎就在晶發出尖銳喊聲的同時，有東西從對面的隧道深處高速飛來。是由深紅的火焰形成的橢圓、直線與弧線。也就是8分音符。

「哇！」

春雪驚呼出聲，往左做出一個迴旋俯衝。火焰音符灑出的火花之中，有部分濺到Silver Crow的裝甲上，所幸靠著金屬色的耐熱性能而並未受到損傷。8分音符劃出平緩的曲線彈道往後方飛走，打在水泥牆上，分裂成四個32分音符後爆炸成巨大的火焰漩渦。

春雪以眼角餘光看著爆炸的情形，在即將觸水之際全力減速。結果他沒能飛到據點，下到據點前方二十公尺處的湖面。儘管雙腳都踏進汙水之中，但這種狀況下實在顧不得生理上的嫌惡感，晶與謠也主動從春雪懷裡跳出來，分別站在春雪兩側有一小段距離的位置。

「……記得剛剛那招是叫做，呃……」

春雪正想挖掘記憶，一個從正面隧道猛然衝出的小個子對戰虛擬角色已經做出回答：

「竟然能不受損傷躲開我的『燃燒音符(Searing Note)』，還挺有一套的嘛！」

這個人影顯得全不在意腳下的汙水大步奔跑過來，停留的位置和春雪等人所待的位置，加上據點小島的位置，形成一個以小島為頂點的等邊三角形。這人就在這個位置轉了兩圈，左手舉在脅下，右手高高舉起擺出耍帥姿勢。

點綴這人全身的是相當鮮明的「遠戰的紅色」，雖說當然比不上紅之王Scarlet Rain，但這泛橘色的朱紅色，在昏暗的地下空間裡仍然顯得極為鮮明。上半身的裝甲是有領帶的女用襯衫型，下半身則採迷你裙造型，有著兩根長髮部位垂下的頭部兩側，都佩帶著大大的絲帶。

儘管只見過兩三次，但春雪的確看過這個令人聯想到多年前某個電腦虛擬偶像的虛擬角色。是在練馬戰區觀戰的正規對戰裡。

「……Blaze Heart……」

春雪唸出她名字的嗓音有些沙啞，反映出心中的擔憂與緊張。

演變到這樣直接面對面的情形，就再也沒有懷疑的餘地。她無疑就是紅色軍團「日珥」的團員。那麼接下來的問題，就是這場戰鬥是否出於她本人的意思。

春雪踏上兩三步，直盯著Blaze Heart始終擺著耍帥姿勢的模樣。

仿女性襯衫造型的胸部裝甲往左右分開，露出內側的虛擬人體。如果她身上有「ＩＳＳ套件」，應該就會寄生在那個位置。春雪聚精會神，想在上面找出他曾經目擊過多次的漆黑半球體。

即使隔著Crow的鏡面護目鏡，Blaze Heart似乎仍然感覺到了他的視線，迅速用雙手遮住胸部大喊：

「你、你幹嘛盯著人家看！我是洗衣板又哪裡礙著你啦——」

「咦？不、不是，我不是這個意思……」

「什麼！那你是喜歡洗衣板的變態了？對喔，你的兩個伴也相當平啊——！」

聽到Blaze這句話，春雪差點去看Maiden與Current的胸部，好不容易才忍住不看。他卯足意志力，將視線固定在正面，同時說道：

「妳、妳誤會了，我才不是喜歡洗衣板！」

春雪剛喊完，謠就接著以堅毅的嗓音宣告：

「是啊！Crow喜歡的不是胸部，是腿！」

「沒錯，就是這……不、不對不對不對啊！」

「嗯？是喔？我會記住。」

晶從左側說出這樣的話，讓春雪只想拔腿就跑。所幸在他付諸實行之前，謠就以對方聽不到的音量說：

「從Blaze的情形來看，似乎沒有被套件寄生，而且外觀上也看不到眼球。」

「是、是啊……說得也是。可是，這樣一來問題就變成……」

春雪正說到這裡，Blaze Heart的兩名同伴也已趕到，踏出盛大的水花停在她的兩旁。

並肩站在她右邊的，是壯碩的雙手上裝備了巨大爪子的黃褐色男性型虛擬角色；左側則是粉紅色的女性型虛擬角色，抱著一把長度幾乎追平她身高的陽傘型強化外裝。是「Ochre Prison」和「Peach Parasol」，和Heart一樣都是日珥旗下的超頻連線者。

春雪對Ochre與Peach，也同樣仔細但極力裝作若無其事地查看他們胸部裝甲，但同樣看不到ISS套件。於是他趁Blaze將雙手從胸前放下的時機，問出心中翻騰已久的疑問

「……你們三位都是日珥的人……沒錯吧？為什麼？日珥跟我們軍團應該還處在無限期停戰狀態……還是說，你們來攻打是紅之王的意思……」

「才不是Rain的意思！來進攻這裡，是我們的意思——！」

穿著朱紅色襯衫形裝甲的Blaze不讓春雪說完。她尖銳的喊聲中，蘊含了明確的怒氣。Peach Parasol也大聲附和，Ochre Prison則讓雙手爪子唰唰作響地開閉。

看樣子是有事情讓Heart他們氣得忍無可忍——而且不惜違背紅之王定下的停戰協定——才會在今天的領土戰跑來進攻杉並。然而春雪卻完全想不到這「有事情」到底是什麼事。

黑暗星雲與日珥扯上關係的事件，也就只有今年年初時發生的「第五代Chrome Disaster」那件事。但當時是身為軍團長的仁子，奮不顧身地親身對春雪展開社交工程，其他團員並未參與。四月的「Dusk Taker」事件時，仁子與副團長Pard小姐也幫了春雪與拓武，之後也一直維持友好關係……不，沒有這麼複雜，她們兩人就是春雪重要的朋友。

所以春雪對紅色軍團本身也抱有親近感，儘管交流機會很少，卻完全不記得曾經採取過與紅色軍團團員敵對的行動。所以他完全無從想像是什麼事情讓Blaze Heart他們這麼生氣。

視線往左右一瞥，謠與晶也輕輕搖頭。既然連她們都不清楚，那也只能直接問了。

「請問，原因是什麼？難道我們對日珥做了什……」

「你還裝蒜——！」

Blaze Heart讓她一對水汪汪的鏡頭眼發出高溫火焰般的純青光芒，大聲吼叫。說著又轉了一圈用右手手指指向春雪：

「昨天才發生的事，我可不准你說你忘了！昨天我們日珥出了二十人以上，由紅之王Scarlet Rain指揮，在無限制空間的豐島戰區獵公敵，當時你們明明就弄出一隻有夠大的神獸級公敵，想把我們所有人一起ＥＫ（Enemy Kill）掉——！」

「什……什麼……」

春雪嚇得呆了，接著連連猛搖頭部與雙手。

「才、才沒有！我們沒做這種事！」

聽他這麼說，Heart身旁的Peach Parasol雙眼發出銳利的光芒，讓雙手握持的傘型強化外裝高速旋轉，同時說道：

「你還裝蒜！我跟小心還有小赭都看得清清楚楚！」

說著將停住旋轉的陽傘猛然指向春雪，傘尖部分的砲口一動也不動地瞄準他。

「當時你們幾個的確不在場……可是坐在神獸級公敵背上的！就是你們的軍團長……黑之王Black Lotus！」

這句怒火中燒的話化為一陣大口徑步槍彈似的衝擊，貫穿春雪心口。

即使廣大的地下半球形空間迴盪出來的餘音慢慢淡去、消失，春雪仍然反應不過來。Ardor Maiden踏上一步，以堅毅的嗓音反駁：

「不可能！Lotus不可能做出這種偷襲的事情……更別說還是利用公敵來攻擊，她不可能這麼做！」

「閉嘴！閉嘴閉嘴閉嘴——！」

Blaze Heart發出的嘶吼，已經拋下了先前那種偶像明星似的甜美，流露出悲痛的神色。她在身前握緊雙拳，小小的身體劇烈顫動，繼續擠出話來：

「她明明就做過！兩年半前……她明明就用卑鄙的偷襲手法……殺了上一代的紅之王Red Rider——！」

「……」

春雪忽然受到一陣強烈的胸悶感侵襲，忍不住按住心口。他想深深吸一口虛擬的空氣，但喉嚨梗塞的感覺就是揮之不去。

Black Lotus——黑雪公主在無限制空間驅趕神獸級公敵對紅色軍團展開攻擊，這件事春雪終究無法相信，但她過去以偷襲方式讓紅之王Red Rider失去所有點數卻是事實。儘管這個慘劇是由諸多恩怨糾葛促成，但此時此地，春雪當然沒有時間，也沒有權利解釋。

這次連謠與晶也無從反駁。Blaze Heart微微放低聲調，對三名陷入沉默的黑暗星雲團員說：

「……昨天的獵公敵活動，第二代紅之王……Scarlet Rain也參加了。黑之王只驅趕神獸級公敵展開攻擊後就消失，但要是Rain陷入危機，她一定又會跑出來補上最後一刀。」

聽到這句話，春雪才總算揮開窒息感問說：

「這、這麼說來，Rain……紅之王沒事吧？」

「那還用說——！有我們跟著她！我們怎麼可能會再一次、再一次讓團長被殺——！」

Blaze這麼一宣告，Peach立刻高高舉起傘型步槍，Ochre則唰的一聲張開利爪。

春雪聽說兩年半前，隨著上一代紅之王永久退出，日珥的軍團結構曾經瓦解。前日珥的團員分裂成幾個團體，和從周圍攻來的中小軍團團員互相爭奪地盤，陷入有如戰國時代一般混亂的情勢。

在這場大混亂中不斷獲勝而嶄露頭角，終於達到王者證明——升上9級的，就是有著「不動要塞（Immortal Fortress）」、「血腥風暴（Bloody Storm）」等綽號的Scarlet Rain。日珥就以當上第二代紅之王的她為支柱而重新集結，讓練馬戰區恢復平靜，但聽說新生軍團裡並未留有太多以前的團員。日珥的人數只有當今六大軍團之中算是最少的三十幾名，就證明了這一點。

但從Blaze Heart的發言來推測，她應該是從前期日珥就留下來的老團員。而既然會一起參加這次領土進攻行動，Peach Parasol與Ochre Prison多半也是老團員。

「……這麼說來，Blaze小姐你們之所以來攻打杉並戰區，理由……是為了和黑之王Black Lotus打？」

三名進攻者毅然決然點頭回答春雪的問題。

「沒錯！因為當她待在領土裡，就沒辦法找她打正規對戰！雖然Rain要我們在搞清楚狀況前不要輕舉妄動……可是我們就是沒辦法容忍！當然即使我們三打一，我也不覺得打得贏黑之王。可是，可是，至少也要狠狠揍她一拳，不然難消我們心頭之恨——！」

春雪看得清清楚楚，Blaze Heart在呼喊的同時打出的右拳上，有著薄薄一層鬥氣般的火焰搖曳。

黑之王想利用公敵來獵殺紅之王，這種事是絕對不可能發生的。對黑雪公主來說，仁子並非只是和她訂立了停戰協定的軍團首領，更把她當成現實世界當中重要的朋友，就像春雪看待仁子那樣。

所以即使Blaze他們說看到Black Lotus騎在神獸級公敵的背上，春雪也只覺得那是由另一個布署於黑暗星雲或日珥勢力所展開的欺敵行動。但即使現在用言語說明，怒火中燒的他們多半也聽不進去。因為驅使他們展開行動的，是過去Red Rider被殺時就留下的宿怨。

「……很遺憾，黑之王並不在這個對戰空間裡。」

Aqua Current忽然平靜地開了口。她伸出籠罩在流水中的右手，握得濺起水花。

「所以，就由我們代替我們的王來證明。證明Black Lotus和她所率領的黑暗星雲，絕不會做出偷襲你們的王這種事！」

「妳要怎麼證明？我對嘴上空談的藉口沒興趣！」

立刻發出反駁的，是舉起了步槍傘的Peach Parasol。接著Ardor Maiden絲毫不畏懼於這隨時都會噴出火苗似的槍口，堅決地回應：

「我們當然不會只靠言語。我們是超頻連線者，所以要用拳頭與氣魄說話！」

謠也依樣畫葫蘆，伸出右手握緊小巧可愛的拳頭。

春雪心想自己也得說些什麼才行，但很遺憾的他就是想不出兩位前輩的宣言有什麼他可以補充的地方。無可奈何之下，只好默默不語學著她們兩人握緊右拳往前伸出。

看到三個握緊的拳頭並列在一起，Blaze Heart反射性地就想喊話，但又用力吞了回去。過了一會兒，她以壓低卻又英勇的嗓音回應：

「正合我意！我們就先打垮你們，再去對付黑之王——！」

她張開前伸的右手，接著大喊：

「Mic On！」

這似乎是發動用的關鍵字，只見紅光聚集在她手上，形成一個物件。以強化外裝而言尺寸相當小。這個前端呈圓球狀，全長約有二十公分的圓筒狀物件的確是麥克風。

黑色軍團的遠程攻擊型角色Maiden，也在Blaze呼喊的同時，叫出了強化外裝。謠發出「弓道之心在不惘」這句很有她風格的關鍵語，火焰立刻匯集在她左手，往上下延伸，形成一把細細的長弓箭。這把長弓叫做「火焰呼喚者」，是一把兼具破壞力與精度的精良武器。

以最小規模進行的三對三領土戰，經常會在接敵前就先散開，演變成從一開始就在三個地方分別捉對廝殺的情形。但像這樣在雙方人馬都到齊的狀況下接敵，能力互補效應與意思傳達的速度，也就是團隊合作往往會成為決定勝敗的重大因素。

從這個角度來看，黑暗星雲的三個人是比較不利的。畢竟Ardor Maiden+Aqua Current+Silver

Crow所組成的這個團隊還是第一次進行領土戰，也尚未開發出任何三人合作的攻擊方式。

——那是不是該乾脆主動打散，捉對廝殺？還是即興發揮，找機會進行合作攻擊……

日珥團隊彷彿看準了春雪這剎那間的迷惘，先發制人採取了行動。不，說得精確一點，是從更早就已經開始行動。Ochre Prison先前一直不發一語，似乎不只是因為他生性沉默，而是悄悄在進行發動招式的準備。

「——『利爪牢籠（Edged Cage）』！」

Ochre突然以粗豪的嗓音大喊一聲。他將裝備了全身最大特徵——巨大利爪——的雙手猛然插向腳下的汙水，沒入到手腕。春雪直覺地判斷出這是屬於地走型（Grounder）的攻擊招式，於是凝神觀看水中。敵我之間的距離將近二十公尺，無論攻擊速度多快，應該還是可以看了再躲……

唰一聲沉重又尖銳的聲屬聲響，從四面八方響起。從水中伸出來圍住春雪他們三人的，是Ochre那變成原來好幾倍大的爪子。不只是尺寸，連爪子的數量也增加了。以只有二十公分左右的間距排列的將近三十根利爪，匯集在正上方的一個點。

轉眼之間，春雪他們就被困在這以鋼鐵利爪構成的牢籠之中。仔細想想，黃土色（Ochre）可說是極為純粹的「間接的黃色」。這種虛擬角色的必殺技，不可能是單純的遠程攻擊火力。

「……你察覺攻擊種類的速度慢了一點說。」

晶為了避免觸及牢籠而緊貼著春雪，悄悄說出這句話。從她的口氣聽來，她儘管看穿了Ochre的招式屬於捕獲類（Capture）攻擊，卻照先前的宣言，乖乖聽春雪的指揮。一開始就被扣分，讓春雪心急地大喊：

「對、對不起！我馬上破壞掉！」

看上去這每一根利爪的強度並不是很高。春雪正握緊右拳想打壞牢籠，這次又換謠出聲阻止：

「不可以不看清楚就亂打。這些爪子的刃面都是朝內，隨手打過去反而自己會受傷。」

「嗚……」

的確，構成牢籠的爪子都有著剃刀般鋒銳的刀刃，而且都不是朝外而是朝內。即使Silver Crow屬於對切斷屬性有抗性的金屬色角色，伸手打到刀刃部分終究還是會受傷。如果從側面猛力打去也許是打得斷，但爪子與爪子之間的距離只有二十公分，沒辦法揮出角度正確的拳擊。

「對、對了……要對付必殺技，就要用必殺技！」

春雪的左手也跟著右手一樣握緊，雙拳在額頭面前交叉。Silver Crow唯一的必殺技「頭錘」不但準備動作大蓄力時間又長，在高速格鬥戰當中用了也不太可能打中。但如果是對不會動的目標用，效果就十分強大。朝必殺技計量表瞥了一眼，似乎還勉強夠使出一記。

春雪雙手交叉，上身後仰，光在尖銳的音效中匯集到頭盔的額頭部分。看到他這樣，兩位超頻連線者前輩又說出了冷靜的評語：

「我想你的想法是還不錯……只是……」

「出招的時機不太好說。」

——咦？

幾乎就在春雪內心湧起疑問的同時，Blaze Heart在二十公尺外大喊一聲：

「你想得美——『燃燒音符』——！」

她以歌唱般的語調，高聲朝右手的麥克風喊出招式名稱。麥克風發出火紅的光芒，彷彿受到喊聲點燃，在空中創造出一個巨大的火焰8分音符。

春雪看見音符發出轟然巨響飛來，瞬間直覺到來不及破牢而出。

他想像得到要是這種時候不聽心中的聲音而固執於發動必殺技，會帶來什麼樣的後果，於是迅速放下雙手。匯集在額頭的光芒平白消散，但他仍然揮開眷戀大喊：

「採取防禦姿勢！」

同時春雪就要踏上一步，想用身為金屬色角色而耐熱性能較高的自己擋在她們前面，卻有人搶先他一步。

「了解。」

Aqua Current輕聲說出這麼一句話，用雙手把Crow與Maiden抱向自己懷裡。全身的流水裝甲迅速移動，把三個人一起籠罩住。

緊接著飛來的火焰8分音符碰到了刀刃牢籠的頂端，分裂成四個32分音符掉落到牢籠四周，彈跳一次之後接連爆炸。

橘色的閃光填滿了整個視野，翻騰的火焰接連從四面八方湧來。火焰從牢籠的縫隙間穿過，填滿整個牢籠。厚度達三公分的水膜瞬間加熱，連春雪的身體也感受到強烈的灼熱感。

但所幸水溫只上升到和相當燙的洗澡水差不多，火焰就慢慢減弱，再度流出牢籠外。

「謝、謝謝可倫姊……妳真有一套。」

由於還籠罩在水膜中，春雪道謝時都有點嗆到，但晶迅速搖搖頭說：

「再受到一次同樣的攻擊，水就會沸騰、蒸發。雖然可以從腳下的湖補充水分，但這些汙水相當髒，淨化很花時間。」

這番話多半意味著Aqua Current可以從存在於對戰場地中的水分補充失去的流水裝甲，但若水含有雜質，就必須先淨化才能補給。從這個角度來看，下水道場地的汙水幾乎是最惡劣的水分來源。要說有什麼水比這些汙水更髒，春雪也只想得到「腐蝕林」場地的毒沼澤，或是高階黑暗系「大罪」場地的血池。

「可是……對方應該也沒辦法連續發動像剛剛那樣的大招……」

春雪一邊用一半的思緒尋找脫逃方法，一邊說出這句話。Blaze Heart這種投擲火焰音符的攻擊，不但外觀華麗，效果範圍也大，應該會消耗相當多必殺技計量表。而這下水道場地裡除了汽油桶以外的物件，就算破壞了也集不到多少計量表。只要在對方使出下一次音符攻擊之前，想辦法填充必殺技計量表……

春雪思緒轉到這裡才發現不對。明明就有比打壞汽油桶更簡單，而且還是能恆久恢復計量表的手段。

「糟了……！」

當春雪不由得驚呼，Blaze Heart已經獨自開始往右跑。她要去的地方，當然就是設置在地下半球形空間正中央的大型能量補充區──「要塞據點」。儘管據點現在還處於中立狀態，但只要有虛擬角色進入金屬環內並待上三十秒，就會轉移到占領狀態，就此開放補充必殺技計量表的功能。到時候Blaze愛怎麼發射火焰音符就可以怎麼發射。

無論如何都必須妨礙對方占領據點。處在這種被刀刃牢籠困住的狀態下，能出手妨礙的，也就只有Ardor Maiden的長弓。但想來敵人當然也預測到了這點。拿著大型步槍的Peach Parasol之所以什麼都不做而留在原地待命，肯定是為了因應Maiden的射擊。既然如此……

「……可倫姊，我數到三妳就收回水，小梅請用弓箭瞄準Blaze。」

春雪小聲這麼下達指令，謠與晶就點了點頭。

三、二、一。

春雪在心中數到零，同時迅速蹲下。就在籠罩住三人的水膜回到Current身上的同時，先前被Silver Crow遮住的Ardor Maiden就舉起了左手的長弓，右手碰上弓弦，整張弓發出火紅的光芒形成一根火焰箭，再一口氣拉滿弓弦。

但Peach Parasol一看到Maiden拉弓的那一瞬間，也同時有了動作。

「妳想得美！」

她衝到連接Maiden與Blaze的直線上，立刻將陽傘全開。花瓣般的金屬刀片採兩段式張開，立刻變成一個直徑長達一公尺半的圓形盾。無論Maiden的火焰箭威力多麼強大，要用普通攻擊破壞防禦型強化外裝仍是非常困難的。當然如果能反覆攻擊同一個點又另當別論，但做這種慢工出細活的事，據點就會被Blaze占領了。

然而春雪真正的目標，並不是站在據點上的Blaze Heart。

他維持蹲姿轉身，全力震動背上只張開一半的翅膀。換做是平常，這樣的舉動會把謠和晶一起拖去猛力撞在刀刃牢籠上，現在卻並未發生這樣的情形。因為翅膀前端深深沒入地面的汙水之中。

金屬翼片的高頻震動並未化為推進力，而是將水掀起並化為微小的粒子，往後方製造出一大團濃霧。白色的霧飄向Peach，遮住了她的視野。當然Maiden也會看不見Peach，以及更遠處站在據點之中的Blaze——然而春雪下的指令只到「瞄準」為止，要「射」的當然是另一個人。

「小梅，射Ochre！」

「了解！」

謠以快得像是早已看出春雪真正意圖的速度，改變了火焰箭的角度。一瞄準好為了維持刀刃牢籠而動彈不得的Ochre，立刻毫不猶豫地放箭。

Ochre理應看得見謠的動作，但由於正在發動捕獲攻擊而無法動彈。火焰箭在空中拖出一道火紅的軌跡飛去，漂亮地命中了Ochre那有著鳥籠般外型的圓形頭部。火焰轟然升起，籠罩住他的頭部。

「唔唔唔……」

Ochre發出今天還只是第二次發出的聲音，整個人往後仰起。就在左右手從水面拔出的同時，困住春雪等人的刀刃牢籠也沉入水中消失。

他們不能錯過這個機會，也沒有時間詳細指示。因此春雪大喊：

「之後就交給妳們了！」

春雪喊出這個也許可以視為放棄指揮的指令，就耗用剩下的最後一點必殺技計量表飛起。儘管才剛起飛計量表就已經耗盡，但只要能跳個二十公尺就夠了。他跳過還被濃霧籠罩而慌了手腳的Peach Parasol，衝向另一頭的據點。以環狀進度條顯示的占領所需剩餘時間還剩兩秒……一秒……

「唔喔喔喔！」

「喏哇——」

當Blaze Heart總算注意到Crow跳了過去，春雪已經整個人撞了上去。無論如何他都非得將對手從據點排除不可。春雪死命緊緊抓住對方，把她從據點所在的小島推出去，卻因為用力過猛連著Blaze一起跌進汙水之中。

「嘎——！放開我——！好髒、好臭、還黏答答的——！」

「我、我也不想這樣啊——！」

春雪一邊喊回去，一邊拚命壓住掙扎的Blaze。即使將敵人趕出據點，占領時間也不會一口氣重設。他必須把對手從據點拉開，直到階段性減少的占領進度降到零為止。

想到要對這種嬌小又有著偶像明星風格造型——還外帶胸部也很平坦——的女性型虛擬角色施加擒拿攻擊就讓春雪非常不想這麼做。但由於汙水十分滑膩，只覺得力道稍一放鬆就會被掙脫。因此春雪不但用上雙手，連雙腳都用上了，拚命按住對方，結果……

「你、你、你這傢伙——！對小心做什麼啊——！」

Peach Parasol好不容易擺脫濃霧，一對鏡頭眼揚成倒三角形，同時收起巨大的傘。傘尖部分的槍口唰的一聲伸長，強化外裝從護盾模式變為步槍模式。

「去死吧！你這變態！」

Peach激憤得完全把誤中「小心」的可能性拋諸腦後，舉槍就要射擊春雪。

Blaze發出哀嚎：「哇啊，不要開槍啊——！」春雪也先喊了一句：「我不是變態！」但Peach雙眼之中的殺意並未消失。

「『集氣射擊（Charge Shot）』！」

在喊聲中扣下扳機，光芒一瞬間匯集到槍口接著猛然噴出火苗。發出粉紅色光芒的大口徑子彈咻的一聲擦過春雪的頭盔，還順便帶到Blaze的絲帶，在附近的水面打出一道高高的水柱。

「哇！我、我說啊，妳先管管她好不好？」

春雪這麼一喊，偶像明星型虛擬角色也彷彿暫時忘記自己被他按住，連連搖頭回答：

「小桃一旦氣成那樣，不把目標打成蜂窩是不會住手的……」

「咦、咦咦……哪有狙擊手這麼情緒化的啦……」

他們說這幾句話的當下，Peach大聲拉響步槍的槍機拉柄排出彈殼，再度舉槍瞄準。春雪與Blaze全身一顫，忍不住抱在一起。

但所幸下一發子彈並未發射。因為寬廣的地下半球形空間裡，響起了一個堅毅——卻又有點覺得傻眼似的嗓音。

「『火焰暴雨（Flame Torrent）』。」

火焰箭從斜舉向上的長弓發射出去。箭飛過拋物線的頂點，立刻分裂為多達數十枝火焰箭，在Peach Parasol頭上化為一陣火焰的暴雨。

即使Peach處於瀕臨狂暴的狀態，看到這招大招仍然回過神來發出尖叫。她張開折疊在步槍槍身外圍的刀刃，讓強化外裝再度變成傘狀，自己也躲了進去。緊接著火焰暴雨轟然灑下。

這一招的有效範圍意外地小，並沒有火焰箭波及春雪與Blaze，相對的在有效範圍內，攻擊就極為密集。當然這裡的地面都是水，但箭落到水面後仍不立刻消失，而是繼續燃燒。Peach的傘上也插著大量的火焰箭，呈現出一片灼熱地獄般的光景。

「那……那就是黑暗星雲的『緋色彈頭（Testarossa）』……」

聽到身體下方的Blaze Heart說得嗓音發顫，春雪忍不住問了一句：

「咦？妳、妳認識她？」

「日珥的中級玩家至少都聽過傳聞……說她會讓『ＩＣＢＭ』Sky Raker抱著飛起，用那一招把整個場地化為火海……最後還自己變成火球狀態降落到據點……」

「嗚、哇啊……」

春雪不由得陪她一起發抖，同時想到以前也曾聽過。第二代紅之王仁子自己，就說過以前打領土戰時被降落到大本營的Maiden整得很慘。的確，要是被有那種火力的虛擬角色占領據點，別說要奪還，就連想接近都困難到了極點——才剛想到這裡，Ardor Maiden就真的占領據點完畢，金屬環染成軍團色的黑色。

謠再度朝上空彎弓搭箭，朝春雪大喊：

「鴉鴉，Peach由我來絆住！」

接著又聽到後方傳來晶的聲音。

「Ochre由我來奉陪。Crow，你們隊長之間自己分個高下。」

春雪朝身後一瞥，看見Aqua Current以流水般的高速移動戲耍著猛力揮動雙手利爪的Ochre Prison。既然兩名老手都專心絆住敵人，相信沒這麼容易被他們反撲。

春雪把頭轉回正面，跟被他按住的Blaze Heart對看一眼。兩人以視線彼此會意，放開對方的身體立刻從水中跳起。

「好……既然這樣，是黑是白，不，是黑是紅，我們就直接單挑分個清楚！」

「聽、聽妳的口氣好像認定你們已經輸定了……不過也好，正合我意！」

春雪身上滴著水滴，穩穩擺好架式，Blaze則又秀了一次轉身擺姿勢的動作。兩人的間距不到兩公尺，她卻沒有要退後的跡象……

「你一定在想，我屬於『遠程攻擊的紅』卻要打格鬥戰是吧？」

Blaze精準地說中了春雪內心的疑問，可愛的面罩上露出甜笑。

「我就告訴你吧！遠程攻擊的紅色，是火焰的紅色！而火焰的紅色……」

她的嘴抵在右手麥克風上，以不得了的音量大喊：

「……就是熱血的紅色啊——！『火熱之心（Burning Heart）』——！」

在喊聲觸發下，火紅的麥克風當場點燃，開始熊熊燃燒。

Blaze之前發動過兩次的必殺技「燃燒音符」，都是用聲音形成火焰音符來進行遠程攻擊的招式，所以春雪也反射性地往左挪動避開麥克風正面。

但這次形成的卻不是音符，而是一個發出的紅光強得刺眼的巨大心形。而且心形剛形成就立刻瓦解，將Blaze自己也籠罩在猛烈的火焰當中。長長的雙馬尾頭髮部位也化為火焰，呈波浪狀甩動且豎起。一對藍寶石色的鏡頭眼，也轉為紅寶石色。

「——Silver Crow！」

Blaze Heart化身為火精靈（Salamander）似的模樣，以帶有尖銳金屬質感共鳴聲的嗓音大喊：

「……既然你相信你的軍團長……就用你的心意接我這一拳——！」

連她握在右手的麥克風也彷彿承受不了太過熱血的台詞所蘊含的熱量，應聲起火燃燒，化為巨大的火焰籠罩住拳頭。

Blaze腳下的水都被激得冒泡。春雪正納悶地想著讓虛擬角色本體帶上這樣的高溫怎麼會沒事，朝視野右上方的敵方體力計量表一看，就發現她果然不是毫髮無傷。Blaze Heart的計量表正分分秒秒地減少，也就是說這種火焰同時也在燃燒她的生命。

——也就是說，只要一直跑給她追，沒多久她就會自取滅亡……

要說春雪絲毫沒動過這樣的念頭，那就是在騙人了。不，如果這是普通的對戰、普通的領土戰，相信春雪一定會毫不猶豫地這麼做。然而Blaze Heart等人是為了他們所敬愛的首領被人施以公敵殺法而憤怒，明知即使撞見黑之王也終究贏不了，但仍然為了報一箭之仇而攻進杉並區。

既然如此，這時候選擇逃跑就等於是在宣稱自己對身兼軍團長與「上輩」的黑雪公主的愛，比不過Blaze他們。春雪不是靠邏輯，而是透過情緒感受到這點。

「……那還用說，我當然相信了！」

他大喊一聲，握緊右拳，放低姿勢擺好架式。當然在包括領土戰的一般對戰中動用心念系統是最大的禁忌，因此他不能像Blaze那樣讓拳頭發光。但集中的鬥志卻化為微弱的訊號傳進B系統的想像控制體系，讓拳頭周圍的景色產生蜃景般的搖曳。

看到春雪擺出的架式，Blaze也露出了不像偶像明星該有的粗豪笑容：

「好膽識——！那我們就不玩花樣……來個硬碰硬吧——！」

說著一腳蹬向熱得沸騰的水，一直線衝來，並將燃燒的拳頭轉了一圈，打出一記充滿魄力的右直拳。

同時春雪也衝上前來。他幾乎不舉起拳頭，只靠扭腰的力道打出右拳，並以腳蹬地加速，與Blaze的大動作形成鮮明的對比。

Blaze有如灼熱隕石般的拳擊與春雪那純白光線似的拳擊，畫出完全重疊的軌道重重撞在一起。火與光交融的聲光特效擴散開來，晚了一拍後才有衝擊波撼動整個空間。腳下煮得滾燙的水也被壓力推開，露出水泥的地面。

即使是熱血偶像，Blaze在系統上就屬於遠程攻擊型，Silver則屬於格鬥戰類型的金屬色角色，兩者的打擊威力與裝甲強度都有著根本上的差異。但Blaze的拳頭靠必殺技「火熱之心」強化過，並未輸給Crow的拳頭，穩穩地接住了這一拳。

這樣一來，優勢就轉移到Blaze身上。Crow的拳頭受到火焰吞噬，轉眼間就烤得發紅，體力計量表也開始慢慢減少。即使金屬色對火焰抗性很高，銀的融點遠比鐵或鎢要低。要是繼續這樣碰在一起，不只是拳頭，右手大概都會熔掉一大半。

「……你不動，是看不起我的火焰？還是說，只是因為笨──」

Blaze和春雪持續硬碰硬，以得意中卻又有點不滿的語氣這麼大喊。春雪忍耐著右手的灼熱感，反射性地大喊：

「是後者！」

有勇無謀地從正面硬碰硬，在戰術上可說愚昧到了極點，但這正是春雪要的狀況。他從咬緊的牙關之間全力擠出聲音大喊：

「──可是，換做是我的『上輩』……黑之王Black Lotus一定也會這麼做！因為她教我的就是……去他的識時務者為俊傑！一旦連上戰場，唯一要做的就是一心一意地戰鬥！」

「……！」

一聽到這句話，Blaze火紅的鏡頭眼微微瞪大。

春雪想說的是「所以黑之王絕對不會做出只叫公敵攻擊，自己卻馬上逃走的事來」，但只靠言語終究傳達不了所有心意。他必須以拳頭，以拳頭上的鬥志之火，把這一切傳達給Blaze知道。

右手的裝甲已經不只是發紅，甚至發出橘色的光，眼看就要瀕臨熔化。體力計量表也越扣越快，已經剩下不到七成。

要從這種狀態下把Blaze用必殺技強化過的拳頭推回去，可說是難上加難。但春雪的腦子裡卻存在著一幅光景。是一個個子跟Silver Crow一樣小，卻能和諸多大型虛擬角色正面硬碰硬，一步也不退的超硬度金屬色虛擬角色。Wolfram Cerberus。

Cerberus拳擊與頭錘的威力，並非純靠與生俱來的鎢裝甲性能。他的攻擊為什麼那麼硬、那麼沉重……？那是因為他把自己的一切都加諸在打擊上。把整個虛擬身體產生的能量，全都集中在撞擊的一瞬間，一個點上。

能實現這種技術，靠的是那堅固得無與倫比的關節。想來Cerberus在攻擊的瞬間多半會固定全身關節，將全身化為一整塊金屬撞向敵人。這種技法和黑雪公主傳授他的「以柔克剛」——那種讓全身柔軟以撥開敵人攻擊的技法——是兩種完全相反的極端，可說是徹頭徹尾的「剛拳」。就是這種技法，讓Cerberus的攻擊有著一擊必倒的威力。

當然了，Silver Crow沒有鎢的硬度、密度與關節強度，無法完全模仿Cerberus的剛拳。但即使無法全身都學得徹底，如果只是讓一隻右手在短短一瞬間化為一整團金屬，相信一定辦得到。因為他早在得知心念系統之前，就曾經只靠手刀突刺刺穿了魔都場地下硬得驚人的建築物牆壁，Crow的手臂應該有著足夠的硬度。

春雪微微扭轉身體，將與Blaze硬碰硬的右手伸得筆直。手腕、手肘、肩膀，甚至從肩胛骨延伸出去的右翼都對齊在一條直線上，想像裡頭打了鋼筋。只要關節稍有彎曲或鬆弛，就會承受不住之後的動作，讓手臂應聲折斷。

——Cerberus，我要借用你的招式了。

春雪在心中對有著狼頭的對戰虛擬角色……不，是對那個年紀比他還小，和他在高圓寺Look商店街有過短暫邂逅的少年說出這句話，接著用力摒住呼吸。知覺告訴他右手裝甲再過幾秒就會熔化，這就是第一個也是最後一個機會。

「Blaze，看招！」

Blaze Heart多半在春雪喊出這一聲之前，就已經看出他要孤注一擲。立刻回答：

「來吧，Crow！」

就在Blaze的火焰發出的光變得更亮的瞬間，春雪雙腳用力蹬地，同時全力振動背上的翅膀。一聲有如大口徑實彈步槍發射似的轟隆巨響中，Crow的右手腕、手肘、肩膀都噴出大量的火花。但他的手臂並未彎曲或碎裂，以媲美Cerberus的剛拳，不，甚至是媲美Cyan Pile打樁機的威力與速度打了出去。

籠罩在Blaze Heart拳頭上的火焰呈正圓形消散，嬌小的虛擬角色整個人猛然飛起，重重撞在遠處的半球形空間牆上。

三分鐘後——

傘型強化外裝被Ardor Maiden的「火焰暴雨」打成蜂窩的Peach Parasol、雙手利爪被Aqua Current以神祕招式切割得一根不剩的Ochre Prison，以及全身焦黑的Blaze Heart三個人排成一排，同時深深一鞠躬齊聲大喊：

「「「我們認輸了！」」」

眾人已經離開陰暗、狹窄又黏膩的下水道，移到地上的環狀七號線說話。剩下時間是五分又數十秒，如果領土戰就這麼結束，從體力計量表的合計值來計算會由春雪他們獲勝。

但春雪仍然不忘超頻連線者最基本的素養，點頭回禮時還是維持了最低限度的注意力。

「呃、呃……GG（Good Game），不是，我是說打得漂亮。」

日珥的三人一聽到他這麼說，都抬起頭來對看一眼，一起露出微笑……只是Ochre的鳥籠面罩，實在讓人看不出他哪裡是眼睛、哪裡是嘴巴。

春雪不懂他們為什麼有這樣的反應，Peach Parasol就代表其他人說道：

「你剛剛那句Pard小姐語，是從她本人身上學來的？」

「啊，對、對喔……說起來的確算是這樣……」

Pard小姐也就是Bloody Leopard，不止在遊戲內，連日常會話也愛用許多縮寫。這樣的她身為是紅色軍團的幹部「三獸士（Triplex）」之一，相信Peach他們平日也一直聽到這種Pard小姐語。

三人放鬆了緊繃的肩膀，春雪見機不可失接著說：

「我想請問一下，戰鬥前Blaze小姐說的在無限制空間的公敵殺法那件事……」

春雪戰戰兢兢地說到這裡，Blaze Heart就舉起右手，輕輕搖頭：

「不用再說了……老實說，雖然我還沒辦法全面接受你的說法……畢竟除了Black Lotus之外，我實在不覺得還有哪個對戰虛擬角色會那麼黑、那麼尖……可是……」

她先頓了頓，將視線落到自己的右手，像在感覺衝擊留下的餘韻似的慢慢握住。

「……可是，至少我知道你全力相信你的軍團長，就像我們相信Scarlet Rain那樣。所以，現在我就先把這些事情都吞下去。因為團長吩咐要我們先忍耐。」

「謝、謝……」

春雪反射性地就要道謝，Blaze又舉起右手制止。

「這句話我不能收。就算先不提公敵那件事，Black Lotus用突襲的手法打光Red Rider的點數仍然是不爭的事實。只有這件事，不管Rain和Pard小姐怎麼說，我都不會忘記。所以我們三個，不會和你們黑暗星雲廝混。」

「……」

Red Rider那件事背後，也有著你們不知道的內情——春雪強忍住想說出這句話的衝動。Blaze說得沒錯，事實就是事實。黑雪公主想升上10級，砍下了上一代紅之王的頭。這是她自己做的選擇，而Blaze到現在還對她懷恨，則是這個選擇的結果。即使是身為她「下輩」的春雪，也不能從旁介入這些恩怨。

所以春雪只默默點了點頭。

剩下時間低於兩分鐘時，紅色軍團的三人就不約而同地轉過身去。領土戰要到雙方團隊之中有一方全滅或過完三十分鐘才會結束，但他們或許是想表達不想再聊下去的意思，打算就此離開。

Aqua Current以平靜的聲調，對正要走遠的背影丟出一句話：

「最後告訴我一件事。」

Blaze Heart停下腳步，甩動長長的雙馬尾轉過身來。

「妳說黑之王驅趕神獸級公敵後消失。這意思是說……她從地上用跑的離開？」

Blaze似乎沒料到她會問這個問題，眨了好幾次變回水藍色的鏡頭眼之後，迅速搖了搖頭說：

「不是。她從那個很大隻的公敵背上跳下來之後，整個人就像穿進地面似的一樣一瞬間就消失了。」

6

六月第五週的領土戰裡，最終共有四個團隊進攻杉並戰區，分別是藍色軍團（獅子座流星雨）一隊、綠色軍團（長城）一隊、以豐島區為大本營的小規模軍團「Pondbag」與紅色軍團（日珥）各一隊。

由春雪、謠與晶組成的防守團隊，和Pondbag與日珥的進攻團隊對戰，兩場都贏得勝利。而黑雪公主與楓子的團隊儘管缺了一人，仍然對藍隊與綠隊大獲全勝。因此戰績是全領土都由防守方獲得百分之百的勝率，守住了黑暗星雲的旗幟。只是話說回來，自從去年十一月發出領土宣言以來，他們的領土就從來不曾淪陷過。

如果只看所屬人數，黑暗星雲會歸類在小軍團，卻能在領土戰中維持五成以上的勝率，當然是因為身為軍團長且有著壓倒性攻擊力的黑之王親自下場防守。雖說等級差距在BRAIN BURST裡不構成絕對無法跨越的差距，但9級終究是完全不同的層次。她的外號「絕對切斷（World End）」可說名不虛傳。要想打倒四肢刀劍都能切斷任何物體的Black Lotus，唯一的方法就是先用非物理系拘束攻擊拌住她，再集中大量的遠程火力攻擊。但在攻方人數受限的領土戰裡，也很難湊出這樣的陣容。

因此，既然現階段其他諸王不親自進攻，有可能攻陷的也就只有不由黑雪公主防守的戰區。事實上，春雪＋拓武＋千百合的新生代團隊三人組，就有過不算少的敗績。但即使是二戰一勝或三戰兩勝，仍然能夠勉強維持五成的勝率，所以能有驚無險地守住旗幟。只是話說回來，即使黑雪公主不在，要是率領「四大元素」中多達兩人參加的團隊還打輸，責任就會歸屬到負責指揮的春雪頭上。

因為這樣的理由，當本週的領土戰時間結束，一回到梅鄉國中的後院，春雪立刻癱軟在椅子上。

「哈啊啊……還、還好沒打輸……」

聽到這句與勝利的歡呼相距甚遠的台詞，坐在旁邊的謠微微苦笑：

【ＵＩ＞辛苦了，有田學長。第二場對上Pondbag時，你就指揮得相當不錯。】

聊天視窗裡顯示的這行字乍看之下是讚美，卻也指出了第一場對上日珥的戰鬥就未能達到「相當不錯」的程度。春雪縮起脖子，試著對就讀國小四年級的老前輩辯解：

「如、如果至少事先告訴我要我當隊長，我還多少可以做點心理準備……」

【ＵＩ＞不管遇上任何狀況，都要能臨機應變！】

「是，妳說得是……不過可倫姊回歸真是太好了，這樣一來在領土戰的團隊編組上，也會多出很多變化。」

春雪不經意地說出這句話，謠立刻可愛地嘟起嘴從下往上瞪著春雪。她就維持這樣的表情，雙手快速敲打投影鍵盤。

【UI＞有田學長是從什麼時候，知道今天倫姊會回黑暗星雲來的？】

被她這麼一逼問，事到如今也不能再打馬虎眼了。畢竟春雪在領土戰之前，就說過「高興的理由要保密」。

「是、是在前天傍晚……所以到現在也只過了四十六小時啊！我也嚇了一跳啊，那天亂鬥到一半，可倫姊突然登場救了我跟Ash兄……而、而且，四埜宮學妹妳剛剛才說遇上任何狀況都要臨機應變……」

【UI＞那是指對戰中！】

謠先用力打出這行字，又忽然放鬆了表情。

她仰望春雪的一對大眼睛所反射出來的光線漸漸增加。從雲層縫隙間灑下的夕陽色光點，隨之化為水滴流過臉頰。

春雪瞪大眼睛，視野中慢慢跑過一串櫻花色的字串。

【UI＞相信這次一定也是因為有田學長在吧。】

「咦……這、這次？這話怎麼說？」

【UI＞不管是楓姊、我、還是幸幸，都是因為有田學長拚命努力，才能回到黑暗星雲。

所以倫姊一定也一樣。】

「我、我根本什麼都沒做啊……反而是師父跟四埜宮學妹，當然黑雪公主學姊也是，都是妳們為了救我而回來……可倫姊也是一樣……」

【ＵＩ＞這你應該引以為傲才對。】

謠用右手擦了擦眼淚，注視指尖上搖曳的透明水珠。

這名小了春雪四歲的少女再度將視線移到他身上，將嘴唇張圓。她的嘴角僵硬，頻頻顫抖。纖細的頸子冒出青筋，痙攣似的抽動。

「四、四埜宮學妹……」

春雪以沙啞的聲音呼喊她。謠因為親眼目睹親生兄長，同時也是她超頻連線者「上輩」的四埜宮竟也意外死亡，受到太大的打擊而失語。她能以肉聲說出的話，就只有靠長年練習之下，勉強練出的兩種BRAIN BURST相關語音指令。

失語症不是嘴的疾病，而是一種腦功能障礙。謠的症狀被分類為「下皮質運動性失語症」，對言語能夠正常理解與書寫，但進行自發言語——也就是用肉聲說話——就會有困難。主要的原因是大腦中一個叫做「中央溝前側腦回」的地方發生梗塞。而謠的情形則是過度的精神震撼，在該部位引發神經網路的障礙，即使用上大腦內建式晶片也無法恢復。

所以一旦謠想強行用肉聲說話，不只是肉體，連精神也會受到劇烈的痛楚。春雪舉起雙手

想制止，但謠搶先一步從顫抖的嘴唇發出微弱但確切的聲音，沿著空氣送進春雪耳裡。

「謝……」

接著是「謝」，最後是「你」。

發完這三個音，謠已經額頭冒汗。但她仍然堅強地露出微笑，輕輕對春雪一鞠躬。

春雪拚命忍著幾乎就要奪眶而出的眼淚，輕聲說：

「……我才要說……謝謝妳，四埜宮學妹。妳現在待在這裡……我真的很感激。」

謠聽了後抬起頭，露出滿臉她這年齡該有的天真笑容。

過了下午五點三十分後，春雪走過正門前尚未完成的校慶標門，與謠道別後獨自踏上歸途。

黑雪公主、拓武與千百合都尚未完成校慶準備。而且不只是他們，整間學校都籠罩在一股校慶前夕的熱力之中，獨自放學回家實在相當落寞。但過了強制放學時間的下午六點以後若還想留在校內，就非得由所屬的展示小組對校方管理部申請延長作業時間不可。春雪的二年C班早就提出作業完成的報告，所以當然不可能得到批准。

春雪踩著沉重的腳步來到青梅大道上，注視著道路對面的公車站牌。既然都被趕出學校，他是很想乾脆和昨天一樣跳上公車，一路遠征到中野戰區。但遺憾的是這種行動也遭到黑雪公主禁止。

原因是領土戰結束後進行的反省會上，春雪報告的紅色軍團旗下超頻連線者打破停戰協定的理由。黑雪公主聽完事情經過之後，整整沉默了三秒鐘才忿忿地低聲說：「多半是那幫人幹的吧」。

春雪也想得到這句話指的是什麼人，但既然黑雪公主都說：「這件事全都由我來處理」，也就不敢說出名字。而且軍團長接著還當著眾人面前，幾乎就是針對春雪吩咐，要他們在校慶結束前於杉並區外不准進行自由對戰，甚至連觀戰都不行。

「……也還好啦，只要忍一天就過去了……」

校慶會在明天星期日下午結束，所以應該可以解釋成當天晚上就會解除領土外遠征的限制，應該是。到時候我一定要到中野跟Wolfram Cerberus再打一場，然後再對他說一次要他跟我來。

到了下週還會召開七王會議，只要會中承認春雪學會的「光學傳導」特殊能力有和「理論鏡面(Theoretical Mirror)」同樣的性能，針對東京中城大樓的連合進攻作戰就會開始推動。到時候春雪就要負責在攻略戰中打頭陣，面對「四神朱雀」以外，多半是他過去面對過的最強敵人——神獸級公敵「大天使梅丹佐」。春雪希望在這之前，能夠查清楚Cerberus那錯綜複雜又不為人知的糾葛，幫他一刀兩斷。

想救他的這種心意，說不定是一種不遜又傲慢的強迫推銷。因為如果單純以身為超頻連線者的戰鬥力來比較，5級的Silver Crow都未必能及1級的Cerberus。

但是前天傍晚，他以血肉之軀隔著人潮露臉時，他的眼神確實像在對春雪訴說些什麼。

既然如此，春雪就想回應他。不管幾次都想伸出援手，對他說話。就像過去許多這樣對待春雪的人一樣。

「……明天，我一定會去見你。」

春雪仰望中野方向染成紫色的積雲輕聲自言自語說出這句話，就開始朝自己住的公寓大樓前進。

搭上大樓B棟的電梯，視野右上方就閃爍著收到郵件的圖示。春雪一邊打開郵件軟體，一邊想著多半是從昨天就到國外出差，最快要到明天晚上才會回來的母親寄來的。也許是想為沒辦法陪他去校慶而道歉吧。然而郵件上顯示的寄件人卻不是母親，只寫著一個字【N】。

「……這、這誰啊？」

春雪歪著頭叫出內文，上面也只寫著【我五秒鐘後去拜訪】。春雪越看越糊塗，把頭歪向另一邊，電梯正好就在這時停止，於是無意識地走出電梯。

結果沒過多久，旁邊的另一部電梯門也打開了。春雪又以無意識的動作轉頭一看，就看到一個猛力跳到走廊上的人用右手手指朝春雪一指。

「喲，好久……也沒很久啊，大概五天不見？」

「啥……咦……咦咦咦！妳為為為什麼會在這裡？」

春雪震驚過度，上半身後仰過了頭。好不容易恢復平衡姿勢就以傻眼的表情，對這個在他收到郵件剛好五秒鐘後準時出現的寄件人這麼說。

「我都先預告過了，何必嚇成這樣？而且你也不想想我都來這裡幾次了？」

「呃、呃……三、四……五……」

「只是隨口寒暄，不要真的去數好不好！」

這個把紅色頭髮綁在頭部兩側的女生，就是紅之王Scarlet Rain——上月由仁子，簡稱仁子。只見她大步走向春雪，輕輕拍了一下春雪的肚子，整張臉露出得意的笑容。她就這麼沿著公共走廊往有田家方向行進，春雪好不容易讓腦袋重開機，趕緊從後跟去。仁子搶先一步走到掛有2305門牌的門前，右手手指比劃幾下，立刻就聽到開鎖聲，讓春雪又嚇得倒退。

「咦、咦咦咦！妳還有我家鑰匙喔？臨時通行碼的有效期限應該早就……」

「啊啊，上次我來你家過夜的時候，就對家用伺服器動了點手腳，改成永久通行碼了。」

仁子一邊輕描淡寫地說著駭人的台詞，一邊脫下運動鞋，說了聲：「打擾了～」就熟門熟路地走進去。接著又在走廊途中轉過身來，看著還在發呆的春雪。

「我自己會招呼自己，你先去換衣服沒關係。」

她丟下這句體貼的話，就消失在客廳中。

「……一般應該不是在五秒鐘前，是在五小時前預告吧？」

春雪無可奈何，只能這樣自言自語。

接著恭敬不如從命，先去把制服換成T恤與五分褲。回到客廳一看，仁子正躺在一人用的沙發上，頭靠在坐墊上。她光明正大把這裡當自己家的模樣，不由得讓春雪露出笑容，結果馬上就被瞪了一眼。

「你傻笑什麼？」

「什、什麼事都Nothing……喝、喝麥茶好嗎？」

「嗯，謝啦。」

春雪點點頭走向廚房，把麥茶倒進兩個玻璃杯端回來，就在仁子對面坐下。到了這個時候，他才自覺到自己從剛剛就覺得有點不對勁，又歪了好幾次頭，才總算想到理由，對還躺著的仁子問說：

「對了仁子，妳今天為什麼從一開始就開正常模式？」

「咦？」

這個國小六年級女生頓時連連眨眼，立刻又露出甜笑說：

「怎麼？要我表演喔？」

她猛然坐起上身，正對春雪，雙手整整齊齊放在膝蓋上。不用先前那種「竊笑」的笑容而是換上滿臉笑嘻嘻的微笑說：

「……大哥哥也喜歡我對吧？我好高興！」

這天使模式在五天前的咖哩派對上並未發動，闊別許久之下再看到一次。春雪被這一記精神攻擊打個正著，上半身亂動了好一會兒才搖搖頭說：

「是、是不討厭啦。不，我不是說這個，只是想說是不是有什麼理由……」

話剛說到這裡，春雪才總算注意到自己已經知道這「理由」何在。不對，不只是仁子不開天使模式的理由，連她今天會這樣突然來訪的理由也都知道。

春雪大大地吸了口氣，停留在胸中一會兒後吐氣說道：

「這樣啊……說得也是啊。仁子會來這裡……想也知道是為了針對昨天無限制空間裡出的事來問我話……」

聽他這麼一說，仁子一邊把表情開回正常模式一邊慢慢讓身體往後倒，咚的一聲靠在椅背上。她利用坐墊的反作用力點點頭，有點憂鬱地說：

「這也是有啦……算是理由的三分之一。」

「咦……那，剩下的三分之二呢？」

「這三分之二裡你明明也知道一半。是賠罪啦，我是來賠罪的。」

「賠罪……等等，是、是說妳要道歉？」

「那還用說？不然跟你喝麥茶品什麼孤寂清幽啊？」

「是、是喔？原來仁子懂茶道？」

「你別小看我了，我可是曾經進過學校的茶道社呢！」

「曾經進過……那就是說已經不在了嘛……」

「少囉唆！我都練到出師了啦……等等。」

仁子這時才注意到自己不知不覺間從沙發上探出上半身大聲嚷嚷，連眨了幾次眼睛，露出重重的苦笑。

「啊啊夠了，為什麼每次跟你說話都會搞成這樣，有夠容易被你影響的……趁還沒離題太遠，我要先跟你道歉！」

仁子斬釘截鐵地這麼宣告，就再度併攏纖細的雙腿，雙手啪的一聲拍在兩膝上放好，接著甩起用小小的黑色絲帶綁好的頭髮，深深一低頭：

「『日珥』的三名團員，在今天的領土戰裡打破停戰協定攻擊『黑暗星雲』的領土。我身為軍團長為此致歉！對不起！」

開場白的隆重與結尾的可愛感覺不太搭調，讓春雪不由得莞爾，趕緊繃緊表情，同時仁子也抬起了頭。正當春雪遲疑著不知道該怎麼回答，仁子又輕描淡寫地加上一句話。

「……這些幫我轉達給你們軍團那隻黑色的。」

「咦？我、我來轉達？」

「那還用說！只對你這個基層戰鬥員道歉是能幹嘛？」

「基、基層……既既既然這樣，從一開始就不應該找我。直接去找學姊不就好了？」

「那有什麼辦法？我就只知道這裡啊。啊啊夠了，好啦，那我收回戰鬥員這句話，把你升格成怪人烏鴉男。」

「這、這算升格嗎？而且為什麼要採用邪惡組織的組織架構……」

春雪說到這裡，發現話題又離題到十萬八千里外，清了清嗓子後不再發言。他先放下自己想說的話點點頭回答：

「……知道了，我會把妳剛剛的話轉達給黑之王。可是，不管是我、學姊，還是其他團員，都不覺得是跑來攻擊我們領土的Blaze Heart單方面有錯。他們是有動機非這麼做不可……所以如果可以，請妳不要對Blaze他們施加太嚴厲的處罰……」

「我還想說你要講什麼，竟然先從這裡講起？」

仁子哼哼一笑，雙手放到後腦上輕輕點頭。

「雖然不能完全不罰，不過我是打算只罰他們下週獵公敵的出擊次數加倍就好。而且真要追究起來，我這個當日珥首領的又怎麼可以只講幾句話賠罪，什麼行動都不做就了事？」

「……行、行動？請問妳的意思是？」

仁子先朝說話口氣莫名奇妙客氣起來的春雪瞥了一眼，再度端正姿勢，把握緊的雙手併攏在胸前展顏一笑：

「怎麼啦，大哥哥有什麼事想要我做？是打掃？洗衣服？還是……」

「不、不不不妳什麼都不用做！而且都是仁子妳從剛剛就這樣一直離題，話題才會越講越偏到奇怪的方向去！」

「奇怪的方向？是哪個方向？我只說要幫忙打理家事耶？我看是大哥哥想歪了吧？春雪大哥哥好色喔♡」

仁子最後再把靦腆的微笑持續了兩秒左右，然後很乾脆地切換模式說下去：

「剛剛那段就當『有付諸行動的賠罪』可以吧？」

「嗚、嗚……妳這樣一直切換，我頭都快暈了……」

「那我就再幫大哥哥加快腳步吧——♪那Crow，我要說正事了。就是你一開始說的『在無限制空間出的事』……」

「嗚嗚嗚，好、好的。」

春雪雙手抱頭地點了點頭，已經完全變回紅之王表情的仁子以銳利的目光貫穿了他。

「Crow，你對事情真相心裡有底吧？」

「咦、真、真相……？」

「我說你喔，我也不覺得那隻神獸級公敵背上的是真的Lotus好不好？雖然我只看了幾眼，可是資料壓就完全不一樣啊。」

仁子這句話，讓春雪好不容易重整好思緒，在腦內迅速整理過去得到的資訊。

根據Blaze Heart他們的說法，紅色軍團在昨天的星期五，出動了包括首領Scarlet Rain在內共有二十人以上的大集團，進入無限制空間獵殺公敵。地點是在豐島戰區……也就是池袋附近。結果突然有一隻背上載著一個虛擬角色的神獸級公敵出現，並對他們展開攻擊。公敵背上的虛擬角色立刻鑽進地面似的消失，仁子等人好不容易才從狂暴攻擊的公敵手下逃脫，成功地從傳送門脫身。

問題就在於公敵背上的虛擬角色，有著漆黑的裝甲和刀劍般銳利的四肢……

「……妳的意思是說妳看到的黑色虛擬角色，資料壓的強度……甚至還超過黑雪公主學姊……？」

春雪戰戰兢兢地這麼一問，紅之王就搖了搖頭。

「正好相反，比Lotus弱得多了……而且即使由我來看，也幾乎看不到壓力。」

所謂「資料壓」，是仁子自己定出的度量衡。特過特殊能力「視覺擴張(Vision Extension)」，讓她甚至可以觀測出對戰虛擬角色所蘊含的戰鬥力與累積的戰鬥經驗多寡。她用這種能力，看出純色七王之中又以綠之王Green Grandee與藍之王Blue Knight的資料壓格外突出，並將這件事告知春雪。

但現在仁子的說法，卻讓春雪覺得意外。因為如果春雪所想像的「假Black Lotus」人選正確，他的資料壓應該有著直逼七王的規模。

「看、看不見……妳的意思是說，這黑色虛擬角色是1、2級的新手？」

「……嗯——聽你這麼一說，又覺得不是這樣啊……該怎麼說，就好像明明在場卻又沒有實體……的那種感覺……」

仁子雙手抱胸沉吟了一會兒，忽然抬起頭來又瞪了春雪一眼：

「喂Crow！聽你的口氣，你果然知道些什麼吧！」

「呃、呃，呃呃……」

春雪有點退縮地天人交戰了幾秒鐘，最後死了心，點點頭說：

「嗯、嗯，我會說，我知道的事都會跟妳說。可是……這要講很久很久，我們邊吃邊說吧……」

春雪正想問吃冷凍披薩可以嗎，仁子卻不讓他問完就搶先宣告：「咖哩！」看樣子她雖然對前幾天咖哩派對中登場的自製咖哩飯挑三揀四，其實卻相當地中意，但這個要求的難度實在太高了。

「仁、仁子，這也未免太強人所難了啦。那次的咖哩，實質上幾乎都是靠小百和四埜宮做出來的。」

「我又沒叫你弄一樣的東西出來。只要隨便把材料切一切，再丟咖哩塊進去煮一煮，就差不多能吃了好不好……我也會幫忙的，春雪大哥哥，我們加油吧！」

——任務就在這樣的互動下開始，經過購物回合與烹調回合，好不容易完成像是咖哩的餐點時，客廳裡的類比時鐘指針已經超過了晚上七點。

當實在是別無選擇的微波冷凍白飯，以及兩大盤只有馬鈴薯、胡蘿蔔、洋蔥與雞肉作為配料的咖哩排上餐桌，春雪還是姑且問問看：

「我說仁子，妳今天該不會……」

「我在這裡過夜。」

「這、這樣啊？」

——沒跟昨天學姊&師父的過夜派對撞期真是太好了！

春雪心有戚戚焉地這麼想著，和仁子齊聲說了聲開動。拿起湯匙均衡地舀起咖哩與白飯，戰戰兢兢地送進嘴裡。

「……奇、奇怪……沒想到還挺……」

「……搞什麼？明明就很好吃嘛。」

兩人互相說出含有讚賞之意的印象，同時用力拿著湯匙往盤上舀去。雖然只是看了咖哩塊包裝上以ＡＲ顯示出來的參考烹調影片後，用大幅簡化過的方式煮出來，卻仍然有著咖哩該有的滋味，也不知道該說厲害還是理所當然。

春雪腦子裡轉著這樣的念頭轉了一會兒，這才想起半年前「第五代災禍之鎧事件」中仁子給他的禮物，於是一邊舀起第二匙咖哩一邊歪著頭說：

「可是奇怪了，記得仁子不是對烹飪很拿手嗎？」

「……你看看你湯匙上這塊我切的胡蘿蔔也該知道是怎樣！我跟你差不了多少啦，你是想挖苦我嗎？」

看到仁子從正常模式切換成紅之王模式，春雪趕緊否定：

「不、不不不是啦！因為之前仁子給我的餅乾真的好好吃……」

一聽到這句話，縱向的皺紋就從仁子的眉心消失，臉頰微微泛紅。

「不、不要用認真的表情講這種話啦……怎、怎麼說，甜點是另一回事啦。因為Pard的手藝是準職業級的，我跟她學了很多……」

「是喔！原來是這樣啊……」

身兼日珥副團長還扮演仁子監護者角色的Blood Leopard，簡稱Pard小姐在位於練馬區櫻台的一家蛋糕店打工。春雪一邊想起她穿著女僕風制服就騎上電動機車的英姿，一邊繼續說道：

「那Pard小姐不但負責櫃檯，還會進廚房喔？好厲害啊，不知道她將來會不會走這條路。」

「啥？你說什麼鬼話？Pard是那家店……」

仁子說到這裡，卻莫名閉上嘴露出甜笑：

「算了，沒關係啦。總之我的廚藝技能是只限甜點類，而且只會做簡單的。」

「可是那些餅乾好酥脆，口感又很紮實，真的好好吃……」

「就跟你說不要再講這個啦！趁還熱的時候趕快吃一吃啦！」

仁子剛嚷嚷完就猛然開始動起湯匙，讓春雪不由得莞爾地看著她看了好一會兒，隨即自己也舀起滿滿一湯匙的雞肉咖哩，滿嘴嚼了起來。胡蘿蔔和馬鈴薯都切得很難看，而且有點煮太久，但春雪仍然覺得比一個人吃冷凍食品要好吃不知道多少倍。

兩人各添了一碗飯，小型的鍋子就乾乾淨淨。於是他們合力收拾善後，輪流去洗澡，一起坐在沙發上寫完功課，轉眼間時間就過了晚上九點。

春雪的平均就寢時間是十一點前後，但仁子打了個大大的呵欠。於是他站了起來，心想不如自己今天也早點睡。明天就是校慶當天，能睡飽當然再好不過。

「我家老媽到明天都不會回來，妳可以睡她寢室。」

春雪這麼一說，穿著長T恤當睡衣的仁子就以摻雜著第二個呵欠聲的嗓音回答：「好～」乖乖走向春雪母親的寢室。兩人在走廊互道晚安，小小的背影消失在門後，春雪才鬆了一口氣。

春雪走向自己位於反方向的房間，用語音指令設定枕邊的鬧鐘後，整個人倒在床上。以前他睡覺時都會卸下神經連結裝置，但最近常常戴著睡。理由是儘管很少發生，但確實曾經有軍團伙伴在睡覺時打來。儘管對方多半都睡昏了頭而做出奇妙的反應，但春雪仍然想接這些通話。到了深夜時覺得孤單，想感受到與別人相連的感覺，這種心情春雪也很能體會。

——因此當春雪關掉房間的燈閉上眼睛，意識正要落入睡眠的深淵時還把聽見的聲音當成了線上的語音通話。

「喂，Crow，你睡了喔？」

「啊……沒、沒有啦，我沒睡呵哈……」

「……那我有點事情要跟你說。」

「好，請說……」

春雪在黑暗中眨了眨眼，等著這段應該是透過網路進行的談話繼續進行，沒想到……床在砰的一聲中突然晃動，讓春雪嚇得跳起了三公分左右。

「哇？夜夜夜燈，打開。」

他趕緊用語音指令點亮小夜燈，身體往左扭轉。眼前的身影無疑就是仁子。她用右手撐著頭側躺在床上，不知怎地還以不高興的表情瞪著春雪。

——難道不是語音呼叫，是全感覺呼叫？這是仁子的虛擬角色？

春雪以尚未完全清醒的腦袋想到這裡，就想伸出右手去摸摸看，但隨即注意到一陣清爽的香皂氣味。虛擬角色身上的確可以設定氣味，但這氣味顯然是來自有田家浴室常備的香皂，而仁子沒有理由特地重現這種氣味。也就是說……

「……是、是真貨？」

「那還用說？」

「……為、為什麼……啊，是這樣啊。不用怕啦，我媽的房間不會鬧鬼。」

「才不是！」

仁子先用左手在春雪肚子上打了一拳，然後才說：

「我說你喔，仔細想想最重要的事情你根本都沒講到吧？」

「最、最重要？妳是說……」

在柔和的橘色間接照明燈光照亮下，春雪盯著仁子的臉看了好幾秒才總算想起是什麼事。

就在幾個小時前，他們一起煮咖哩之前他的確說過：「這要講很久很久，我們邊吃邊說吧」。

而這要講很久的事，就是關於利用神獸級公敵襲擊紅色軍團的神祕黑色虛擬角色。

「啊……啊，對喔！我都忘了。」

春雪從床上坐起，本能地換成跪坐姿勢低頭道歉：

「抱、抱歉，我忘了！我不是想蒙混過去，只是怎麼說，沒想到咖哩那麼好吃，就只顧著吃，其他的事都忘了……我當然會告訴妳。那，呃，我們先到客廳……」

「麻煩死了，在這裡說就好了啦。」

春雪正要起身，仁子打斷他的話頭，翻成仰臥姿勢閉上眼睛

春雪糾結地心想在這裡是要怎麼說，最後還是無可奈何，只好重新坐好。仔細想想，五天前他們就在這張床上一起睡過。雖然不是說睡過一次就可以睡第二次，但既然是紅之王的旨意，總覺得好像也就非聽不可……

「只是我雖然叫你說，其實我自己也多少猜到了一點。」

仁子忽然輕聲說出這樣的話，讓春雪中斷思考往身旁看了一眼。

仁子讓一頭解開了絲帶的紅頭髮，灑落在不知道什麼時候被搶去的枕頭上。雙眼看著天花板，輕輕動著嘴唇：

「我說的不是那個假Lotus的身分，而是他的目的。他多半不是想妨礙我們軍團獵公敵，也不是想獵殺我。他的目的多半……是想看清楚。」

「看、看清楚……？妳是說……觀察？」

「沒錯。說得更精準一點，是要評估戰力……評估日珥的主力成員，以及我Scarlet Rain的戰力……」

說出這句話的瞬間，仁子——第二代紅之王臉上，露出了從今天出現在電梯間以來最為嚴肅的表情。春雪倒抽一口氣，小聲問個清楚：

「可……可是仁子，你們不是說那個黑色虛擬角色在戰鬥開始之前，就鑽進地面消失了嗎……？」

「對，他人是消失了。可是多半不是逃走，而是躲到附近觀察我們和公敵打的情形。該死，要是一開始就發現他的目的，我就不會動用那招了……」

「動用哪招……？是、是哪招？」

「就是我的強化外裝……『無敵號（Invincible）』以前都保留不用的能力。」

聽懂這句話的意思時，春雪壓抑不住身體的顫抖。

第二代紅之王「不動要塞」的綽號，當然就是來自她的武裝貨櫃群全部架設完成時的巨大模樣。專有名詞「無敵號」，指的就是仁子每次升級時都階段性持續取得的強化外裝集合體，同時也被評為當今加速世界最強大的遠程火力。春雪也曾經和要塞模式下的Rain對戰或並肩作戰過幾次，對那壓倒性的威力體會得極為深切。

但純就仁子這句話來看，似乎就連那些外裝全部架設的狀態，也還不是她的全力……她還保留了實力。

「保留的……能力……是怎樣的能力……？」

春雪不由得探出上半身這麼問。

「誰會告訴你啊？白痴。」

仁子答得理所當然，但立刻又露出淺淺的笑容說下去：

「我是很想這麼說啦，只是這件事跟你也有一點關連……你還記得吧？半年前災禍之鎧事件的那次，我和你、Lotus還有博士一起去池袋，結果不就中了那個香蕉男的埋伏？當時我雖然叫出了外裝，結果卻被那些黃色的傢伙貼上來。那時候可真是出醜啊……」

「可、可是那有什麼辦法？對方人數那麼多，無論如何就是會被接近……」

「這個世界沒有簡單到講一句沒辦法就能了事，這你應該也已經知道了好不好……然後我也跑去山上修行了一下，說來這還是跟你看齊啊。」

「修行……怎、怎樣的修行……？」

「提示時間結束……不管怎麼說，昨天遇到那個大得該死的神獸級公敵，我為了掩護團員逃走就動用了這張底牌，結果被他看到了……說不定還被錄影下來。」

仁子說到這裡先閉上嘴又翻了個身，從正面看著春雪。

「我要說的都說完了，這次換你說給我聽了……告訴我那個像影子的假Lotus到底是什麼人。」

「……嗯，知道了。雖然這只是我的猜測……」

春雪點點頭，決定先解除跪坐模式。但他的雙腳已經輕微發麻，一不小心就倒在床上。他本想重新坐起，但看來仁子根本不在意他的姿勢，春雪也就繼續躺在床上，深深吸一口氣說出了他的名字。

「仁子看到的黑色虛擬角色，名稱是──『Black Vise』。他自稱是現在在加速世界裡散播ＩＳＳ套件的集團『加速研究社』的副社長。」

「……Black Vise……」

仁子小聲複誦，春雪從極近距離凝視她的表情。

春雪過去之所以不對仁子與Pard小姐提起Vise的名字，自有他的理由。因為他害怕……因為他討厭。他不希望別人覺得同樣冠有「Black」色名的那個積層型虛擬角色，和他所敬愛的黑之王有任何一點關連。

春雪承受不了沉默，自己主動開了口：

「仁子，妳知不知道BRAIN BURST裡，曾經發生過不只一個虛擬角色有著同種顏色的情形……？」

「……據我所知，從來不曾發生過『撞色』的情形。Crow，這Black Vise的名字，你是從體力計量表或對戰名單上看到的嗎？」

「呃、呃呃……」

聽她這麼一說，春雪在腦中依序檢查過去幾次遭遇的場面搖了搖頭。

「……不是。基本上每次碰到Vise，都是在無限制空間……唯一的例外，就是在赫密斯之索縱貫賽那次。可是當時他一出現又馬上消失，所以沒顯示計量表……我和黑暗星雲的團員，都不曾在系統顯示的資訊中看到Vise的名字。」

「哼，原來如此啊。那麼這Black Vise的名字……也有可能不是真正的虛擬角色名稱，只是自稱而已。」

「咦咦咦！也就是說他擅自稱自己是Black……自稱是『純色的黑』了？」

「如果這是事實，就已經不只是自稱甚至是僭越了。」

仁子輕輕啐了一聲，接著將銳利的視線投向春雪身後。春雪順著她的視線望去，看到從窗戶射進的蒼白月光，在內嵌式書櫃上照出了複雜的影子。春雪拉回視線，繼續說明：

「……Black Vise能讓構成他身體的薄板自由變形，形成其他虛擬角色的剪影。我自己就曾經差點被假裝成學姊的他給騙了。還有……他還可以潛進場地上的影子裡，在裡面自由移動。所以仁子你們看到的『從公敵背上跳下來鑽進地面』，其實……」

「不是在場地上打出大洞，只是躲進影子裡……是吧？」

「嗯。所以，我想他確實很有可能順著影子移動，躲在附近觀察仁子戰鬥的情形。再補充一點，他能利用大腦內建式晶片的力量，任意讓知覺減速……我想就是因為這樣，他才能在無限制空間裡對你們設下埋伏。」

「這樣……啊。原來……是加速研究社的人啊……」

仁子點點頭，慢慢放鬆全身的力道，翻身改成仰臥姿勢。過了幾秒鐘後她輕聲細語地開始說道：

「……剛剛說到撞色。我……就曾經想過幾次，想說這個世界裡有沒有物品可以改變顏色。」

「改、改變……顏色……？」

「我也不是說玩膩了遠程攻擊所以想變成藍色，或是想玩支援所以要變成黃色。只是想到……如果我的顏色可以再濃一點就好了。從腥紅色（Scarlet）……變成純粹的紅色（Red）。」

「仁……仁子……？」

春雪震驚過度，只能呼喊她的名字。

系統賦予對戰虛擬角色的顏色，並不是隨機決定。是由BB程式讀取大腦深層的心象，以一種顏色來表現。因此從某個角度來看，色名對超頻連線者來說就與本名無異。

仁子說出了這種等於是否定自己「心靈色」的話，在床上縮著身體低頭不語。她嘴唇連連發顫，吐露出更加細微的聲音。

「……半年前，黃之王Yellow Radio不惜解放災禍之鎧也要引我出來，想利用9級的一戰定生死規則把我逐出加速世界。你想他的理由……他的動機，是什麼……？」

「那……當然是為了讓他自己升上10級……」

「多半不是。不管他嘴上怎麼說，心裡根本對10級一點興趣也沒有。他只是覺得我礙眼所以想獵殺我。就只是這樣而已。」

「可是……紅色軍團（日珥）和黃色軍團（宇宙秘境馬戲團）的領土，分別在東京的西邊跟東邊，根本沒有相鄰……」

「他覺得礙眼的不是日珥，是我個人。Radio他……就是沒辦法忍受不是紅色，而是腥紅色的我，自稱是純色之王。而我想其他的幾個王，或多或少也都這麼想……」

「才、才不會！」

春雪微微昂起上身，拚命搖頭。

「學姊她絕對，絕對不會……」

仁子見狀微微苦笑，左手指尖碰在春雪胸口安撫他。

「對，Lotus例外。畢竟她根本就想把那些王全都宰了。她真的是個不得了的人物，真的好厲害……」

仁子的嗓音即將消失之際，發出一陣深深的顫抖。她小小的手輕輕按在春雪右胸，抓住他當睡衣的T恤。

「……我會繼承上一代紅之王成為日珥的首領，有一半是被趕鴨子上架……可是我沒有後悔。軍團裡的人都很好，而且也多虧這樣，我才會認識Pard。所以我想保護現在的日珥……保護練馬戰區。可是……可是……」

仁子說到這裡，從床單上挪動身體，把額頭用力靠在春雪胸口。

「……連我自己都已經知道。我……我很脆弱！」

仁子嘔血似的聲調，讓春雪有種心臟被射穿似的感覺。他拚命伸出手，抱住仁子纖細的左肩說：

「才、才不會，仁子明明那麼強。不然怎麼可能升得上9級……」

「就是因為升上了9級，所以我才更清楚。不只是Originator的藍之王（Knight）和綠之王（Grandee），像紫之王（Thorn）、黃之王（Radio），還有黑之王（Lotus）也是一樣。要是認真地單挑，憑我……是贏不了的……」

仁子抬起頭來將濕潤的雙眼朝向春雪，以又哭又笑的表情說下去：

「……我就告訴你吧。半年前，Cherry他被災禍之鎧上身時，我用強硬手段查出你的現實身分，混進了這個家。這雖然是為了藉助你的飛行能力來捉住災禍之鎧……可是，其實我的目的不是只有這樣。我……打從心底害怕復活的黑色軍團，害怕回歸加速世界的黑之王Black Lotus。我想說她最先進攻的目標一定是練馬……想到說要是黑之王親自殺過來，我一定贏不了她……所以……我就打算先查出等級還低的Silver Crow的身分……先當作保險，免得被你們攻擊。我打的就是這種卑鄙、狡猾的主意……」

大滴的眼淚終於從睜大的眼睛落下，但仁子仍然在嘴邊留住自嘲的笑容，以細微的嗓音說下去：

「結果……結果，不管是你還是Lotus，人都那麼好……都好好聽我說話，還讓我在這裡過夜……陪我一起吃飯、一起打電玩、一起睡。這讓我好開心、好放心，可是……可是我從那一天起，就一直對你和Lotus說謊。我假裝自己很強，用平起平坐的口氣跟她說話。可是我不是純色，是冒牌的紅色。要說僭越稱王，我也有一份！」

「才……才不是這樣，絕對不是！」

春雪右手繞上她纖細的背，用力將她擁入懷中大喊：

「仁子才不是冒牌貨！妳明明就比誰都更堅強、更勇敢，把軍團帶得有聲有色！今天領土戰裡碰到的Blaze他們，也都那麼相信妳，仰慕妳！這樣的仁子，怎麼可能會是冒牌……」

「可是，憑我保護不了他們！就連Cherry……連我唯一的『上輩』，我都保護不了啊！」

仁子以嘔血似的聲音這麼呼喊，再度將額頭靠在春雪胸口。抓著T恤的小小拳頭上所灌注的力道，強得彷彿恨不得把自己捏碎。

「……我就是感覺得到。加速世界裡正要發生大事。一種比ＩＳＳ套件、梅丹佐出現之類的事情更重大的事。六大軍團的互不侵犯條約，大概也不會永久持續下去。如果……如果Radio和其他王再次認真想毀了我和日珥……」

「就算……就算那樣，仁子也不會輸的！所以妳才會努力練出比那麼天下無敵的『要塞模式』更強的力量，不是嗎？」

「要是9級玩家之間真心廝殺起來……到了最後關頭一定會演變成什麼規則都不管，變成不擇手段的心念戰。你也知道我用不出攻擊型的心念吧……創造出我這個對戰虛擬角色的，是恐懼。像刺蝟一樣用武裝的外殼包住自己，拚命讓自己遠離外界……這就是我的本質。無論怎麼用心念強化射程跟逃跑的本事，只憑這些……絕對贏不了他們的『破壞心念』……」

仁子以慢慢變弱的語氣說完，左手不再用力，無力地落到床單上。接著像是忍耐寒冷似的，雙手抱住膝蓋縮成一小團。

春雪滿心想說更多話鼓勵她，一張嘴卻僵住不動。仁子過去的確曾在春雪與拓武面前說過，說她只會用「強化射程」和「強化移動」這兩大類的心念，學不會「強化攻擊」與「強化防禦」。

其實這點春雪也是一樣。目前已經學會的「雷射劍」和「雷射長槍」都屬於強化射程的心念，而「光速翼」則屬於強化移動的心念。他使不出任何一招強化攻擊力或防禦力的心念。

儘管如此，春雪仍然深深吸一口氣對她說：

「……那，我來保護妳。」

他右手碰著的背微微一顫。

「要是仁子遇到危險，我隨時都會飛去救妳。我會用連Originator看了都會嚇到的破壞心念，管他是誰都一招轟掉。」

「……你幾時又會那種心念了？」

仁子的聲音細小得要像這樣緊貼在一起才聽得見，但仍然找回了幾分平常的嗆辣，讓春雪深深點頭：

「要比想法負面，誰也贏不了我！我有一招Giga Destroy的招式。別說是王了，甚至可以打爛整個對戰空間，讓戰鬥強制結束……只是這招我還沒開發出來……」

「我說你喔，那樣的話連我也會被牽連進去好不好？」

仁子說著慢慢放開縮起的身體，抬起頭來。

她眼睛紅腫，睫毛上也沾滿了許多水滴，嘴邊卻已經有著淡淡的笑容。她舉起左手，但這次是輕輕去捏春雪的臉頰：

「……你這傢伙真的很單純。如果我是假哭想騙你投靠日珥，你要怎麼辦啊？」

仁子說著嘻嘻一笑，有銀色的光點從她的雙頰流落。這寶石般美麗的水珠，不可能是假的眼淚。

但仁子也只有這一瞬間露出她這年紀該有的哭泣表情，接著她立刻放開春雪的臉頰，毫不猶豫地將兩人之間十五公分左右的距離拉近到零。光腳丫碰上春雪的腳，細嫩的額頭碰上他的左臉。

「咦、我、我說啊，呃。」

雖說這不是他們兩人第一次一起睡在這張床上，但以前從來不曾這麼接近，讓春雪不由得發出為時已晚的破嗓呼聲。但就在春雪更進一步說話或動作之前……

「……謝啦。」

這個聲音隨著嘴唇的動作傳了過來，深深透進春雪心中。腦子忽然轉為平靜，本要上升的心跳也穩定下來。沒過多久，一陣不可思議的平靜籠罩住春雪。

「……嗯、嗯。」

春雪發出連自己也弄不清楚是肯定還是否定的回應，下意識的放下右手，輕輕撫摸她的一頭紅髮。仁子更加放鬆了全身的力道，以非常自然的聲音輕聲說：

「畢竟這種事情，就算對Pard我也說不出口啊……不好意思啊，跟你說了這麼多有的沒的事情。」

「沒關係啦。陪妳說話這種小事我隨時奉陪……啊，當然我說要保護妳那句話可是真心話喔。」

「呵呵，我會認真期待。」

仁子混著笑聲這麼回答，一瞬間以眼珠朝上的眼神看了春雪一眼，隨即又把臉的方向拉回來說：

「……為了答謝你聽我說這麼多，我就順便告訴你吧。」

「咦……告訴我什麼？」

春雪微微歪頭，就聽到一句令他意想不到的話。

「我、Pard，還有黑暗星雲的那些女人會在乎你的理由。」

「什……什麼？」

春雪忍不住連連眨眼，但坦白說他對這件事有點……不，是相當有興趣。因為直到現在，每次軍團裡的女性們對他好，他內心深處都還是會忍不住感到懷疑「為什麼要對我這種人這麼好」。

但仁子頓了一會兒後才說出的話，卻又出乎他意料之外。

「這用說的你可能也不懂……我們女性型超頻連線者待在現實世界的時候，總是會有一點點的『恐懼』。跟我剛才說的恐懼不太一樣。」

「恐……懼？是對什麼的恐懼……？」

「我想想……算是對其他人。說得更精確一點，大概是對現實世界的男性型感到恐懼吧。」

「咦……男性型？你是指男人？」

「對。在化身為加速世界的對戰虛擬角色時，我們都有堅硬的裝甲保護。就算是女性型，跟男性型打也一點都不吃虧。可是等到對戰結束，回到現實世界的瞬間，這種力量就會消失。當超頻連線者的時間愈長，愈是會感受到血肉之軀的自己是多麼無力……」

「……血肉之軀的……無力……」

就如仁子先前所說，現在的春雪的確很難體會她所要描述的感覺。當然春雪待在現實世界時，也曾經想像過如果能像Silver Crow那樣自由飛天該有多好，或許也曾想過希望變得像Crow那樣強悍。但那並不是迫切的渴望，純粹只是夢想……

——不對，不是這樣。春雪這輩子第一次加速的那個時候，是非常強烈地渴望。

當黑雪公主在梅鄉國中的交誼廳，將ＢＢ程式所具備的驚人性能告訴春雪時他最先問的問題就是：「只要懂得善用BRAIN BURST，我打架是不是就打得贏？」當時春雪的確渴望能夠痛毆先前虐待他的人。就是因為痛切體會過血肉之軀的自己有多麼無力，才會有這樣的渴望。

要不是黑雪公主快速排除掉那群不良少年，也許春雪到現在還有著這樣的渴望。渴望在現實世界也像Crow那麼能打，又因為沒辦法實現而始終覺得恐懼……

當春雪想到這裡，總算重新認知到現在的狀況。他吞了吞口水，膽戰心驚地問：

「咦……那，仁子現在……對我，也有這種恐懼……？」

「我要說的就是這個啊。」

所幸仁子並未切換成「春雪大哥哥好可怕……」這種對他心臟不太好的模式，反而輕輕戳著春雪的臉頰輕聲說：

「……你完全不會讓我覺得恐懼。我想Pard、Lotus，還有Raker跟Maiden，一定也是這樣。這種特質其實很了不起……畢竟我就連在學校裡面，陰錯陽差跟同班男生獨處，都會覺得有點不安。就算腦袋知道他根本不可能對我怎麼樣，我還是會怕。」

「……就算有公共攝影機，還是會怕……？」

「對。無論如何，就是沒辦法不覺得害怕。害怕自己沒有裝甲保護……也沒有必殺技、沒有強化外裝，什麼都沒有。在加速世界累積的時間越長，這種恐懼也就會醞釀得越強大。也許將來有一天，只要待在現實世界就會二十四小時都擺脫不了這種恐懼……」

「這、這……」

春雪拚命尋找有什麼話可以多少降低仁子的恐懼。但他先前說了不知道多少次的「仁子很強」這句話，偏偏在這個時候派不上用場。正是因為在加速世界得到了幾乎最強的實力，在現實世界才更會覺得不安。

正當春雪反覆做著微微張嘴又閉上的動作……

仁子看著他這樣，莫名地開心嘻笑起來。

「沒關係啦，什麼都不用說。我剛才不是告訴過你，說只有你不會讓我害怕嗎？還不只是這樣，跟你……跟『春雪』在一起，累積在我心中的恐懼就是會一下子變得很小。跟你黏在一起，我就可以很放心。就好像凝結成塊的負面心念……被溫暖的光慢慢淨化……」

「……呃、呃……」

春雪已經不知道該做什麼反應才好，仁子則將剛才所說的話付諸實行，像要把全身都交給春雪似的靠過去說：

「黑暗星雲那些老資格的女玩家，一定也有一樣的感覺。前陣子開咖哩派對的時候，她們臉上的表情喔……真的是完全放下了戒心。給我笑得那麼開心，實在是……」

「……是、是這樣嗎……」

春雪自己完全沒有自覺，尤其對黑雪公主與楓子，更是只想得起自己被他們嚴格教導的場面，讓他不由得歪了歪頭。接著他就這麼想著仁子這番話的含意想了好一會兒，忽然皺起眉頭說：

「呃……仁子，妳的意思也就是說，是因為我從外表就看得出是個絕對安全，人畜無害的角色……？」

如果真是這樣，身為一個現實中的男性型角色，心境不免有點複雜。春雪正想著這種不像他會想的念頭，仁子的雙手就伸了過來從左右夾住春雪的臉。

春雪本以為會像平常那樣被她捏著臉頰往左右用力拉，但仁子卻維持這樣的姿勢以平靜的笑容對他說：

「才不是啦。我說的是你這張圓臉的裡面……你的心。就是因為知道春雪老～是那樣拚命，全力為我們著想，待在你身邊才會覺得放心……別看我每次都凶你，其實我也在想……想說總有一天，一定要好好答謝你。」

「哪、哪裡……我也沒做什麼具體的……」

「不用啦，只要陪在身邊那就夠了。所以……你可不要變了個人。就算你等級升上去成了高等級玩家，你也要繼續當原本的你。這樣一來……哪怕我有一天……」

仁子說到這裡就不再說，把捧著春雪臉頰的雙手移到他的頸子上。接著臉也湊了過去，就像想聽春雪心跳聲似的貼上他胸口，微笑著閉上眼睛。

——明天早上醒來，仁子多半又會變回平常的仁子，變回那個別說眼淚，根本就不顯露出半點脆弱的絕對火力紅之王。

——可是，我不會忘記。我不會忘記仁子是紅之王的同時，也是個比我小兩歲的小女生，也不會忘記我曾經答應過要保護這樣的仁子。

春雪慢慢沉入水面緩緩上升的睡夢深淵，同時將這幾句話銘記在心。當他閉上眼睛，就聽到細微的呼吸聲。聽著聽著，思緒也開始慢慢擴散。就在意識即將中斷之際，春雪覺得聲音來源似乎微微移動，接著有東西碰在臉頰上，但他不知道那是不是夢。

7

梅雨似乎等不及氣象廳的宣告就先離開了。春雪全身沐浴在清爽的朝陽與微風之中，深深呼吸這樣的氣息。

他走在離公寓大樓後沒多遠的環狀七號線人行道。平常這個時間，人行道上會滿是前往高圓寺車站的人潮，今天卻十分清靜。這當然是因為今天是星期日。

反倒是春雪身邊有著一名疑似還在半夢半醒狀態之中的紅髮少女。春雪莞爾地看著她打了一個大大的呵欠，就突然被她狠狠瞪了一眼。

「不要盯著淑女打呵欠。」

「對、對不起……」

『妳看，又變回平常的紅之王了吧？』春雪想著這樣的念頭縮起脖子，仁子就朝他伸出右手。

「那就趕快交出來。」

「咦、咦咦！要收呵欠觀賞費喔？」

「才不是～～！不用說也知道好不好……當然是你們學校校慶的邀請函啊！」

「啊、對、對喔……等等，咦、咦咦咦咦！妳要來喔？」

「我昨天一開始不就說了！說會來你家，理由有三分之一是要為領土戰那件事賠罪，三分之一是問你ＥＫ未遂的事。」

「……那剩下三分之一，就是今天的校慶……？」

「Yes！快點，給我兩張！」

仁子右手也不收回去，靈活地換成只伸出食指與中指的手勢，讓春雪又一頭霧水地眨了眨眼。

「咦……兩張？一張是給仁子，另一張是給誰……？」

就在這時，一陣與節能電動車運作聲響大異其趣的帥氣馬達聲，從環狀七號線上的對向車道通過。春雪反射性地看過去，看到一團眼熟的深紅色殘影。儘管聲音來源一度從視野中消失，但車體隨即又在不遠處的號誌前方高速掉頭，從靠他們這一邊的車道北上接近。最後在一陣反饋制動聲響中停在春雪他們面前的，是一輛春雪以前也坐過的大型電動機車。身穿透氣外套與牛仔褲的騎士，當然就是紅色軍團的副團長Blood Leopard。

Pard小姐用左手翻起安全帽的面罩，朝春雪他們搖了搖手指。

「Ｈｉ。」

「妳、妳好。早安。」

「早啊，Pard。不好意思啊，其實妳在對向車道等就好了。」

「NP（這不是問題）。要怪就怪這個國家到現在還規定靠左行駛。」

Pard小姐先輕描淡寫地批判現行體制，才朝春雪伸出手。她的意思當然不是要春雪上車。

梅鄉國中的每一名學生，都會拿到三張校慶邀請函。春雪已經把其中一張交給日下部綸，剩下兩張則找不到人給，一直丟著沒動。他的確想過要邀請仁子與Pard小姐，但後來聽說位於世田谷區下北澤的一間學校在校慶時受到襲擊——指的當然是超頻連線者方面的——於是一直沒做出決定，就這麼拖到今天。

但仔細想想，襲擊小隊的隊長Magenta Scissor曾經宣告她要從世田谷第二戰區往東進攻，方向跟位於正北方的梅鄉國中不一樣，所以今天的校慶受到襲擊的可能性是極低的。

剩下的問題，就是一旦黑暗星雲的團員知道春雪不但邀了綸，連仁子和Pard小姐都邀，會有什麼反應……大家都為了意外的來賓而高興的可能性，應該也不是零。不不不，真要說起來，所有人都沒機會在現實世界見到面，校慶就已經結束，這樣的機率也不是零。畢竟不管是黑雪公主、拓武還是千百合，應該都為了自己所屬小組的展出而忙不過來。

春雪瞬間把這些事想過一遍，儘管笑容有點僵硬，但仍然點了點頭，手指在虛擬桌面上動了動。

無論機車多大台，法律上都不允許三人騎乘，於是決定請仁子她們先走一步，春雪則徒步上學，等校慶開始之後直接在現場碰頭。

平常這種時候，都會覺得腦子裡還留著幾分睡意，但今天有著參加慶典的興奮感，再加上一大早就起來修正班級展示檔案，讓春雪覺得神清氣爽。他以稍快的步調，走在氣氛與平日不同的道路上，穿越青梅大道走了一小段路，就在去路上看到梅鄉國中的正門。

門柱內側不遠處聳立著校慶的標門，這是以校慶執行委員為中心所組成的製作小組力作。今年的主題是「時間」，門上的裝飾也就以類比時鐘的盤面與題材。金色合成紙讓整個標門非常亮麗，但想來製作小組多半正為了今天放晴而總算鬆了一口氣。

慢慢走近正門，就看到幾群學生正排隊等著拍紀念照。平常校內禁止儲存視野擷圖照片（當然黑雪公主除外），但今天在特定區域是准許儲存的。春雪為了趁這群現在站在門下拍照的男生拍完時迅速通過，一邊算準時機一邊走去，結果……

「喔，有田，你也過來拍啊！」

有人大聲這麼喊他，讓他差點跌倒。仔細一看，朝他猛揮右手的高個子三分頭學生，就是班上一個姓石尾，參加籃球校隊的同學。他身邊也都是二年C班參加運動社團的男生，讓春雪內心十分退縮。但這幾個月來，他好歹也練出了不至於嚇得拔腿就跑的精神力——大概，多半是吧。

春雪丹田蓄力，一邊回答：「嗯、嗯！」一邊跑向門。石尾他們似乎從現在就已經進入慶典情緒，春雪一入列，他們就比出V字形手勢大喊：「耶～！」春雪好不容易成功地以同樣的姿勢擠出笑容後和拍照的同學交換，幫同學們拍好照片，再互相交換圖檔。

「籃球隊會辦罰球比賽，晚點要來玩玩啊！」

春雪對這麼喊著的石尾回答：「我會去！」就離開了現場。接著一邊朝樓梯口前進，一邊慢慢呼出一口氣。

之後要做的工作，就是先到教室執行班級展示用的程式，以及做最後一次檢查。校慶定在九點半開幕，所以要到正門去接仁子和Pard小姐。日下部綸應該也會在十點之前抵達，就在跟她會合之後，帶她們三個去千百合參加的女子田徑隊辦的可麗餅攤位——

想到這裡，春雪才總算注意到如果照這樣的行程跑，就無法避免綸和仁子她們在現實中碰面的情形。當然他必須幫雙方引見，但到底該怎麼說才好呢？要是說：「這位是長城的Ash Roller，這兩位是日珥的Scarlet Rain和Blood Leopard。」場面大概會瞬間僵掉……不，大概沒這麼簡單。

但若只帶其中一邊，放著另一邊不管，卻又太過分了。看來還是只能在介紹的方式上想想辦法，不讓她們互相意識到彼此是超頻連線者。

「……這麼說來，也只能說是朋友了啊……說到是一起玩遊戲的朋友，可能就有點危險了……那乾脆說吃咖哩認識的朋友……不對不對……」

春雪一邊拚命思索，一邊換好鞋子，開始沿著走廊朝第一校舍的方向前進，卻有人在他背上輕輕一拍。

「都校慶當天了，你在煩惱什麼啊？春雪。」

「呃，因為我沒想好前因後果，就把邀請函送人……」

「喔？送給誰？」

「是。一張送給……等等，哇！」

春雪認出走在他身邊的是學生會副會長，嚇得跳了起來，高速一鞠躬行禮。

「黑、黑雪公主學姊早安！」

「嗯，早安。那，你邀了誰來參加校慶？」

黑雪公主笑嘻嘻地再度質問，春雪只好露出有點僵硬的笑容回答：

「呃、呃……我我我晚點再跟學姊介紹！那那那……學生會那邊的展示都準備完了嗎？」

「……嗯，算是勉強弄完了吧。從下午兩點開始，會用到整個運動場來展示，你方便的話記得來看看，可以帶你朋友一起來看。」

「好、好的，我一定去看。」

春雪連連點頭，黑雪公主似乎就暫且不過問邀請函這件事，推著春雪的背讓他轉向，在走廊角落停下腳步。接著先清了清嗓子，才放低音量說：

「晚點我會用郵件通知軍團團員……不過今天校慶上，萬一有外來的超頻連線者，尤其是ＩＳＳ套件使用者來犯，你可不要硬拚。我們全軍團的團員都會觀戰，也就能利用導向游標，從敵人的出現位置篩選出本尊的身分。當然如果你是觀戰的觀眾，也別忘了留意游標的方向。」

「好的，我明白了……可是……真的會有襲擊嗎？」

「嗯……我也覺得機率非常低……畢竟去年和前年的校慶上，別說襲擊了，甚至根本就沒人入侵校內網路啊。不過根據謠傳，昨天的星期六也出事了……」

黑雪公主說著先閉上嘴，背靠在走廊牆上，將銳利的視線朝向南方——世田谷區的方向。

離校慶開幕已經不到一小時，校內漸漸充滿摻雜著期待與緊張的昂揚感。一些似乎還忙著準備的小組以殺氣騰騰的表情跑來跑去，一旁卻又有些學生面帶笑容地一個挨著一個，看著投影視窗討論動線配置。

春雪也是一樣。去年校慶他一整天都戰戰兢兢，只想不要遇到會霸凌他的那些人，所以當然也想著今年一定要全力樂在其中。然而現在他的心思都被黑雪公主的話吸引，全身僵硬地反問：

「難、難道說……昨天也有下北澤那一帶的學校受到襲擊……」

「不，根據調查結果，世田谷第一戰區裡，並沒有任何一間國中或高中是在昨天辦校慶。可是……Magenta Scissor和她的部下曾在這些戰區出沒的傳聞，似乎是事實。我怎麼想都不覺得他們進入長城的領土，會沒有任何目的……」

「這麼說來……會是為了進行下次襲擊，所以先去勘查嗎……」

「這個可能是有的。畢竟在這時節辦校慶的學校是相當少見的。」

「畢竟一般都是在九月或十月辦啊。梅鄉國中為什麼會在六月？」

「這是我們學校流傳至今的古老謎團之一。有人說是因為校名有個梅字，所以挑了梅雨季節，但如果真是這樣，特地挑常常下雨的時期來辦，實在不合理到了極點。可是也有人說校慶當天雖然在六月，但神奇的是經常會放晴，這也一樣非常不合理……咳，我不是要說這個。」

黑雪公主清了清嗓子，把離題的話題拉回正軌，將她美麗的臉龐湊到春雪耳邊說：

「我要說的就是，既然在這個時節辦校慶的學校很少，就應該考慮到Magenta他們今天遠征到這梅鄉國中來的可能性。畢竟也有少數邀請函被拿到網路上交易……」

「是喔？明明要用無線連線才能發送，卻還有人買賣？」

「這點程度的限制，多得是方法可以繞開。我每年都會送出意見書，建議要採用國民身分認證系統，限制只能招待學生的家人或親戚參加，但每次都被管理部駁回。不過也罷，純就今年來說，也多虧了限制比較寬鬆，才能招待楓子、謠和晶，所以我也不去計較了。」

「啊，太好了。原來是學姊邀請了師父她們啊！」

「……哼？你的表情可真高興啊？我看還是該現在就問出你邀請了誰啊。」

黑雪公主用有點白眼的眼神說出這種話，結果換春雪清了清嗓子拉回正題：

「呃、呃，總之學姊的意思是要我們小心提防襲擊是吧！我看還是整個軍團都是先組成搭檔比較好吧。那我跟學姊……」

「我跟楓子一組，謠跟晶一組，這樣應該就好了。拓武就請他跟千百合一組，你就跟你邀請的朋友一組吧。」

「……好、好的，了解……」

春雪才剛點點頭，黑雪公主的視線就多了冰屬性。

「喔？你邀請的果然是超頻連線者，而且還是其他學校的學生？真想看看到時候你會怎麼介紹啊。」

「嗚……不，這個，這……」

春雪三兩下就被套出話來，正急得大冒冷汗，最後是靠九點的鐘聲救了他。

「啊，我我我得去弄班級展示的最終檢查了！那那那學姊，晚點我再跟妳聯絡！」

「竟然懂得用這種方法躲，你也算是有長進了啊。」

黑雪公主仍然冷靜地給了這樣的評語，這才一副拿他沒轍的模樣露出微笑，點點頭說：

「那我們晚點見。二年C班的展示，我一定會去看。」

「好……好的，雖然沒什麼大不了的東西，還是靜候學姊大駕光臨！那我走了」

春雪先行了個最敬禮，轉身就全力跑著樓梯上了二樓。

教室前面的走廊上用塑膠條與合成紙膠帶裝飾得五彩繽紛，營造出非日常的景象。二年A班的攤位是鬼屋，B班是咖啡館，都是校慶中常見的種類，但也正因如此，看來都能吸引不少顧客。

相較之下，春雪的C班則以「三十年前的高圓寺為題」辦作品展示，無論內容或裝飾，都只有一句不起眼可以形容。儘管是因為只剩七個人能夠負責班級展示，從一開始就不可能辦大規模的企畫，但要是辦的展示內容太敷衍，對來看的來賓就太過意不去了。

因此春雪在取得組員的同意之後，在展示手法上多少追加了一些巧思。他快步跑進教室，就看到其他六個組員都已經集合完，還來不及縮起脖子暗叫不妙，就聽到有人喊他：

「有田，你好慢喔！」

喊他的是個姓生澤的女生，擔任C班的班長。她參加書法社，卻還自願幫忙人數太少的班級展示小組，是個非常正經的人物。

生澤先甩了甩綁在旁邊的馬尾，又繼續說：

「是你說要修正展示檔案就整個拿回家去，所以只有你可以執行啊！不趕快確定能不能開，會來不及趕上開場耶！」

「對、對不……」

春雪正要馬力全開地道歉，就有人從旁拍了拍他的肩膀。拍他的人是個姓岡的男生，一頭長髮脫色到校規允許的邊緣，本來他應該是個徹頭徹尾一放學就回家的學生。

「別氣了啦，班長，說遲到也只遲了三十秒嘛。有田他也有很多事情要忙，剛才我經過鞋櫃那邊的時候，就看到他和學生會副會長……」

「哇還、還是趕快檢查能不能執行吧，就這麼辦！我馬上準備！」

春雪趕緊打斷他的話，接著視線在教室內掃過一圈。桌椅全都已經搬了出去，用大型展示板排成ㄇ字形的通道，他們小組的七個人就站在通道入口附近。

春雪看完現場狀況，伸手到虛擬桌面。他首先把今天早上七點之前剛完成修正作業的檔案上傳到校內網路，接著執行ＡＲ顯示用的程式，視野中就跳出詢問是否接受連線的視窗。其他六個人也和春雪同時動起手指，按下Yes鈕。緊接著整間教室的景觀，就在咻的一聲音效之下，覆寫成別的景象。

鋪有樹脂地磚的地板換成灰色的柏油路，天花板換成晴朗的藍天。東西兩道牆壁與朝南的窗戶消失，化為低矮的柵欄，另一頭有著寬廣的道路景象，還生成了老舊的大樓群作為遠景。

「喔……喔喔！」

岡發出興奮的叫聲，就要跑向眼前的柵欄，春雪趕緊大喊：

「危、危險啊！那裡其實是牆壁！」

為了避免有人撞到牆壁，春雪事先就在柵欄上顯示出【這裡有牆壁】的警告視窗，但岡卻嫌視窗礙事似的繞過去歡呼：

「好讚！有車在跑！而且幾乎都是汽油引擎車……喔哇，那是不是GT－R35？聲音超帥氣的啦！」

岡一副隨時都會衝向這無形牆壁的模樣，春雪只好拚命拉住他的上衣，背後就聽到班長生澤說：

「原來如此，你在牆壁和地板上貼了3D圖像啊？」

「嗯……嗯。我是想說既然要展示以前的照片，就乾脆把背景也弄成像是那個年代的樣子……」

「也就是說，這是二〇一〇年代的風景了？」

「只是也摻雜了前後十年左右的東西啦。我是把大家收集來的那些當年的照片，丟進立體化軟體弄出來的。車子是拿現成的資料……啊，當然照片也可以直接看。」

春雪從岡身上放開手，轉身面向跟柵欄反方向的牆壁。大型展示板也經過覆寫，換成了年份久遠的磚牆。春雪摸著磚牆表面操作視窗，就有無數照片以海報的方式出現。是三十年前的高圓寺周邊風景，這些照片都是組員從自己家或朋友那邊收集來的。

照當初的計畫，只是把這些照片用AR方式顯示在白色的展示板上，但春雪覺得這樣太枯燥，於是想到乾脆把整間教室的景象都覆寫掉。但付諸實行後一看，就覺得這樣似乎……

「……這樣好像照片成了配角，背景才是主角啊。」

聽生澤說中自己的感想，春雪反射性地縮起脖子。

「對、對不起，我不該自作主張。要是會妨礙照片展示，我會把背景恢復原狀……」

「你在說什麼鬼話！明明就超讚的啊！」

這樣嚷嚷的是還整個人湊在柵欄上不放的岡。

「只要去玩完全潛行類遊戲，要開什麼老車種都行，可是看這些車跑在青梅大道上，就覺得很寫實，很棒啊！我說有田，有沒有八六？」

「咦……你、你說哪一款？」

「那還用說，當然是最早那一款啊！我都沒看過真車，不，這當然也不是真的，可是我們就讓八六跑上路吧！」

「好、好啦，我會找一下有沒有資料……可是，在這之前我們得先跟生澤同學……」

春雪想著要跟她商量，再度轉身一看，班長卻已經不在原地。她和其他四個組員一起走到南邊的柵欄前，仰望道路另一邊的街景。

春雪走到她身旁，戰戰兢兢地正想跟她說話，生澤就舉起左手指向東南方：

「你看得見嗎？那邊那棟十二樓的大樓。」

順著手指方向一看，就看到整體比現在低了幾層樓的街景中，有一棟老舊的公寓大樓格外的高。

「咦？嗯……嗯。只是看不到底下的部分，所以我也不清楚是幾樓。」

「就是十二樓，我以前就住在那棟大樓的十樓。雖然很久以前就搬走，現在也蓋成新的大樓了。」

「是喔，這樣啊……」

春雪也只答得出這兩句話，正覺得不知所措，生澤就轉過身來，面對春雪說：

「謝謝你，有田同學。我本來好像想拿人數不足當藉口，想說班級展示只要弄些東西出來交差就好了。可是，有這樣的內容，我想來賓一定會看得很高興。」

「啊……那，那這些背景，可以不用拿掉了……？」

「那當然。大家說是不是？」

生澤朝背後一問，剩下四名組員也都各自表示讚賞——只有岡還是整個人貼在柵欄上，一看到早年的跑車呼嘯而過就發出怪聲。

春雪這才鬆了一口氣，心下暗自慶幸，同時朝生澤他們低頭道謝。

快到開場時間的九點三十分，春雪快步走在走廊上，朝學校正門前進。

他終於要面臨和仁子&Pard小姐與日下部綸這兩方人馬會合的難關，腦子裡想的卻是另一件事。

如果自己是女性的超頻連線者，剛才被喜歡老跑車而有點壞樣的罔接近時，會覺得恐懼嗎？即使覺得罔人很不錯，是否還是會有這樣的感覺呢？

春雪會想到這種事，理由當然是因為昨天仁子對他吐露心聲。她說女性型超頻連線者在加速世界度過的時間越長，待在現實世界時就越會感受到自己的無力，因而擺脫不了恐懼。

春雪並非完全無法體會。先前的黑雪公主就連待在學生餐廳附設交誼廳或校內網路的VR空間時，也都籠罩著一股不容他人接近的緊繃氣息。她之所以會這樣，理由說不定就是因為長期封印對戰虛擬角色而累積的恐懼。

仁子說就是春雪融化了這樣的恐懼。春雪自己當然完全沒有這樣的自覺，不覺得自己有這樣的本事。反而覺得自己隨時都無暇他顧，沒能為親近的人著想，老是失敗。

可是，只有這件事我敢發誓。

——我絕對再也不會去傷害學姊，還有師父他們這些軍團的前輩，當然對小百和阿拓、仁子和Pard小姐，還有對日下部同學當然也一樣。我不會讓自己變成使他們悲傷的原因。為了讓他們永遠都能面帶笑容，只要是我能力所及，我什麼都肯做。

首先就要讓他們在今天的校慶裡盡情玩個痛快。

接著他在上午陽光照得金光閃閃的校慶門旁，看到兩個身上都穿著紅色基調便服的日珥團員，於是就要舉起右手，卻突然當場定格。因為他發現就在離這兩個紅衣少女緊緊一公尺左右的地方，站著一名全身服裝以綠色系搭配的女生。

不用看那輕柔的短髮與斜背的單肩包，也知道是日下部綸。她是長城旗下的超頻連線者Ash Roller所溺愛的妹妹，從某個角度來看更可說是超頻連線者本人。

紅色軍團與綠色軍團之間當然訂有互不侵犯條約，所以仁子她們和綸並非正面敵對，但前提是雙方有著彼此都是六大軍團團員的共識。不，在這之前，會不會這個兩人對一人的組合，都根本不知道身旁的人就是超頻連線者？如果真是這樣，也許當她們知道這件事的瞬間，就已經開始了對戰。

無論如何都要避免這種情形發生！就先用郵件或別的方式，讓其中一方換個位置，拉開距離……

就在春雪想到這裡的瞬間，也不知道是怎麼個陰錯陽差，仁子和綸本來都稀奇地四處張望，視線卻同時定在春雪身上。

仁子與綸更同時露出笑容，同時舉起右手朝春雪揮了揮——接著又同時轉頭，花了兩秒左右的時間，看看站在極近距離和自己做出同樣動作的人。

在這個階段，春雪心中已經受到超大型「想拔腿就跑」公敵襲擊，但他還是勉力擊退，認命踏上幾步。事已至此，也只能在仁子她們採取行動之前就先收拾好事態。黑雪公主不也說過：「去他的識時務者為俊傑」嗎？只是這句話的確有十之八九，都意味著以陣亡為前提的決死衝鋒。

唔喔喔喔喔——

春雪在內心發出這種帥氣的吼叫，一路衝到她們三人面前，以滿臉笑容說話。說得精確一點，是正要說話就被打斷。

「久、久等了，妳們這麼早就……」

「喂春雪，這女人是誰？」

「有田同學，請問一下……這位……是哪位？」

春雪暴露在仁子目露凶光的視線與綸淚眼汪汪的眼神所形成的十字砲火之下，當場再度定格。站在正面的Pard小姐以認真的表情低聲說了句：

「GL（Good Luck）。」

事到如今，也只能從正面殺出一條血路了。

的朋友」。春雪遵照腦中這種拚命的判斷，按照當初的計畫，把仁子和綸都介紹成「跟我一起玩遊戲

最先起了反應的，就是這陣子跑有田家跑得很勤，知道現在春雪花心血玩的遊戲只有一款的仁子。她走到綸的正面，雙手拇指鉤在牛仔短褲的口袋上，昂了昂下巴問說：

「妳混哪的？」

只這麼一句話，綸似乎也猜出了對方是什麼人。不，也許她們從一開始就在彼此身上感覺出了異樣。她握住綠色薄雪紡小洋裝的裙襬，小聲回答：

「是……綠色。妳呢……？」

「紅色啦……喂春雪，我還是得問一下……」

春雪被她瞪了一眼，還來不及想到：「咦，仁子什麼時候開始直接叫我的名字了？」就點了點頭。

「好、好的，請問有什麼事？」

「這女的應該不是頭吧？」

「頭、頭……？」

春雪先歪了歪頭，才猜到這個問題是指：「她應該不是長城的頭目，綠之王Green Grandee吧？」

「怎、怎怎怎麼可能！才才才不是啦根本就不是。」

「哼～～？算了，那就好……不對，不好，不過校慶期間我就先不算這帳。春雪你給我記著，晚點我要好好跟你訓話。」

「……是，我會甘之如飴……」

邀請參加不同軍團的超頻連線者參加校慶，甚至還跟雙方都約在同一個地方，強制逼雙方在現實世界露相，的確是極為輕率的行為。春雪為了對三人鄭重致歉，先依序看看她們的臉，然後一鞠躬說：

「對不起，我真的太疏忽了。如果因為這件事造成將來的困擾，我會負起全責……」

但這時卻有一隻小手從右方伸來，用力抓住春雪上衣的衣襬。抬起頭來一看，綸柔和的笑容就近在眼前。

「不用這樣，你不用，道歉。能交到更多朋友，我，好開心……」

「啊，妳這綠色的在幹嘛！」

仁子立刻大喊一聲，從左方拉住春雪的上衣。Pard小姐從幾步外看著春雪被左拉右扯，還罕見地呵呵笑了幾聲。

等做完自我介紹——仁子要綸叫她「仁子」、綸要她們叫她「綸」，Pard小姐則思索了一會兒後，要綸叫她「喵喵」——在暫時的和平狀態下組成四人小隊時，已經到了九點半，由校慶執行委員長以全校廣播的方式宣告校慶正式開幕。

全校湧起歡呼與掌聲，當這些聲浪過去，就開始由廣播社女社員在快節奏的背景音樂下開始現場廣播。這種廣播不是透過喇叭，而是經由校內網路以串流方式播放，所以春雪透過虛擬桌面的控制軟體微微調低音量，然後轉身面對三人。

「那，我鄭重宣布……歡迎參加梅鄉國中校慶。今天一整天都由我來擔任各位的嚮導。大家有沒有想先看什麼節目呢？」

春雪一說完，仁子就大喊：「可麗餅！」

「……這應該算是想吃，不是想看……」

「少囉唆，我沒吃早餐，肚子都快餓扁啦！而且要怪就該怪你喝光了泡五穀片的牛奶沒補……」

「哇、哇！我知道了！那我們就先去田徑隊的可麗餅攤位！」

「……我，贊成。」

「K。」

眾人就這麼說定，於是春雪領著她們三人，先走向位於第一校舍東端的學生餐廳。

寬廣的餐廳內，長桌也全都收到了牆邊，取而代之的是五花八門的攤位排得櫛比鱗次。室外的運動場上也有擺攤用的攤位，那些部分才是第一等的好地點，看來千百合她們的女子田徑隊是抽到了不好的籤。

只是話說回來，以校慶剛開始而言，餐廳已經顯得相當擁擠，他們要去的可麗餅攤位也已經有好幾個人在排隊。春雪他們排到隊伍最後，就有個戴著兔耳朵的女生笑著說：「歡迎光臨。」並遞出附照片的手工菜單，讓春雪不由得認真看得出神。

沒想到可以選擇的餡料多達十種以上，而且價格全部統一，讓春雪發揮與生俱來的優柔寡斷，視線在菜單上轉個不停，就在這時……

「怎麼啦？小春，我是叫你來沒錯，可是也不用一開幕就馬上衝過來吧？」

聽到有人對他說出這樣的話，抬起頭來一看，就在鐵盤另一頭看到一手拿著托盤露出傻眼笑容的千百合。但就如春雪所料，她的笑容大約三秒鐘之後就消失了。這當然是因為注意到了春雪的同伴。

「啊～～？喔～～？～哼～～？原來如此啊。」

「不，這個，這是為了促進不同軍……我是說不同團體間的和睦。」

「好好好，知道了啦——那，決定好要點什麼了嗎？」

所幸頭戴兔耳，披著白色圍裙的千百合找回了專業精神，春雪趕緊點了巧克力香蕉口味。千百合一邊和仁子與綸開心地聊著，一邊烤餅皮，和她搭檔的女隊員負責包料。春雪接過做好的可麗餅，用儲值在神經連結裝置的零用錢付帳。四人份的可麗餅都做好之後，春雪先確定沒有客人在排隊，才繞到攤位旁邊小聲對千百合問說：

「小百，妳值班要值到幾點？」

「嗯，上午大概到十一點吧。」

「這樣啊？那劍道社的表演是十一點十五分開始，跟我們一起去看吧？」

結果這位十幾年來的兒時玩伴先朝仁子她們瞥了一眼，才以寫著「真拿你沒辦法」的笑容點點頭。

他們四人運用先進餐廳贏得的特權，也就是占領一張交誼廳的圓桌，就在這裡吃起可麗餅。仔細想想，Pard小姐是準職業級的糕點師，仁子是她的徒弟，對西點的評分基準應該相當嚴格。

春雪等她們兩人都吃完一口，才戰戰兢兢地問說：「怎麼樣？」結果Pard小姐，更正，是喵喵小姐，以極為認真的表情點點頭，說了一句：「GJ（Good Job）。」；仁子則只豎起大拇指就繼續吃個不停。

春雪放心地想著看來評分合格，同時朝右側的綸一看，就看到她以和仁子形成鮮明對比的緩慢步調，慢條斯理地把單純的草莓可麗餅送進嘴裡。春雪有點擔心，把臉湊過去輕聲說：

「呃，要是不合妳的胃口，不用客氣直說沒關係……」

春雪本想接「我會幫妳吃」但這樣就只是顯得自己貪吃。但他又不敢叫千百合重做，於是半張著嘴定格不動。

「啊，不會，不是這樣。這非常，非常好吃。」

綸露出一貫的柔和笑容這麼回答，就把視線拉回還剩將近七成的可麗餅，以過意不去的表情說：

「……其實，我是早餐有點吃太飽……我本來以為不要緊，可是好像已經飽了……如果不介意，有田同學，這個……」

綸低著頭遞出的草莓可麗餅，春雪反射性地就想伸手，卻又陷入今天已經不知道是第幾次的定格狀態。這可麗餅不是放在盤子上，而是用手捲好拿著咬，所以烤成黃金色的餅皮上還刻著綸可愛的齒印。用自己的大嘴把這些齒痕覆寫掉，在倫理道義上不會有問題嗎？

綸似乎察覺到春雪內心的糾結，先一瞬間瞪大眼睛，才以小得幾乎聽不見的聲音說：

「啊、對、對不起，我真粗心……別人吃過的東西，你一定不想吃吧。」

「不、不會啦！我完全不在意，只是擔心綸、綸同學會不會在意……」

「我……我才不會……放在心上。不，這個，是不會往不好的方向，在意。所以……這個……」

綸紅著臉再度遞出可麗餅，春雪正要接過，卻被仁子從旁伸手搶去。

「你們這樣歹戲拖棚，不如給我吧！」

聽仁子以精光暴現的眼神這麼宣告，春雪也只能說聲：「請用」。仁子哼了一聲，只用了三口就消滅了草莓可麗餅，還先大口喝了冰水，這才忽然想起似的大喊：

「我話先說在前面，我可不是走貪吃鬼路線的！」

「不然是什麼路線啦……」

春雪忍耐著食物被搶走的悲傷這麼問起，回答他的卻不是仁子而是Pard小姐。她還是一樣面無表情，眼神卻轉為柔和，說道：

「吃醋路線……然後你是走木頭人路線。」

「P、不對，我是說喵喵，妳在胡說什麼啦！而且我們要在這裡待到幾時啊？趕快去找節目來看啦！」

仁子嚷嚷完就先大步離開，春雪等人先對看一眼，才從後跟上。

四人填飽了肚子，決定先從位於第一校舍三樓的一年級班級展示部分進攻，於是從走廊途中的樓梯往上爬。三間教室的展示內容都非常正經而缺乏玩心，讓春雪覺得對她們過意不去，快速看完一遍就下到二樓。

A班的鬼屋裡，定位在春雪左側的仁子逛得爆笑連連，右側的綸則淚眼汪汪地抓著他不放，讓春雪還搞不清楚該怎麼反應才好就走完了。

春雪對B班的角色扮演咖啡館攤位其實有點興趣，但他們才剛吃過可麗餅，所以直接從前面走過，來到二年C班。他們在入口前面不遠處停下腳步，春雪正猶豫著不知道該怎麼說出自己就是讀這個班級，而且還是展示作品的製作小組成員，結果……

「記得你讀的就是這一班吧？」

仁子卻很乾脆地指出這點，春雪一邊想著她怎麼知道，一邊點點頭說：

「嗯、嗯。我還幫忙做了展示內容，不過老實說不是什麼多了不起的東西，妳們別太期待……」

「哎呀，是這樣嗎？」

——這個柔和的嗓音讓春雪覺得很耳熟，但他確定不是身邊幾個伴的嗓音，所以立刻轉過身去。

結果他看見了三個人影從仁子她們背後接近。

穿著水藍色洋裝的長髮女性，無疑就是Sky Raker倉崎楓子。被她牢牢握住手——或說被她逮住，身穿松乃木學園國小部制服的少女，則是Ardor Maiden四埜宮謠。

她們兩人身旁靜靜站著一名身穿緊身牛仔褲與橫紋針織上衣，採中性打扮，戴著紅框眼鏡的女性——應該吧。是昨天才剛正式回歸軍團的Aqua Current……冰見晶。

綸看見對自己既嚴格又慈祥，但基本上還是偏嚴格的「上輩」楓子，左手用力抓住了春雪的上衣。紅之王仁子因為又和其他軍團成員有這種接近遭遇而受不了似的搖搖頭，Pard小姐則直立在仁子身邊不動，似乎在看著黑暗星雲「四大元素」之中的人。

Pard小姐的情形固然讓春雪覺得疑惑，但六名美豔女生＋一名矮胖男生這種不平衡的組合，正逐漸吸引周遭的視線，他只好任由綸掛在自己身上，先對楓子低頭打招呼：

「師父早安，妳來看我們的節目了啊！也歡迎你們兩位。」

「那當然，為了鴉同學，天涯海角我都會來的。」

楓子笑嘻嘻地說出這種危險的台詞，微微轉動視線。

「只是我都不知道連綸都來了。妳竟然有事瞞著我……」

楓子說到這裡先頓了頓，臉上笑容轉淡，皺起眉頭問說：

「……綸，妳臉色好像不太好……」

「這、這個，我沒事的！只是早餐還有可麗餅，吃太多。」

綸這麼回答，她的側臉上確實少了點血色，但倒也有點像是本來色素就比較稀薄的地方被LED燈的白光照到，才會變成這樣。

楓子似乎也做出這樣的判斷，點點頭說：

「那，這麼多人擠在這裡也會造成別人的困擾，就先讓我們鑑賞一下鴉同學班上的展示吧。」

就結果而言，二年C班的展示節目「三十年前的高圓寺」，讓這群從三人倍增到六人的來賓看得十分高興。

起初就如班長生澤所擔心的，待在裡面的時間，有七成都不是花在觀賞作為主角的展示照片，而是去觀賞背景的3D圖像，但這個過程中也有著意外的驚喜。原來綸和Pard小姐並肩站著，每次有往年的機車通過，她們就在比賽猜車種。既然能幫助初次見面而且還是分屬不同軍團的兩人一口氣縮短距離，也就不枉春雪努力調整展示檔案了。

六個人花了很多時間結束這趟小小的穿越時光之旅後，一走出教室，就對春雪小聲鼓掌。這突如其來的讚賞讓春雪不小心熱淚盈眶，被仁子酸得沒完沒了，但相信等到校慶結束，就會變成美好的回憶——應該吧。

就在春雪轉著這樣的念頭，走到前面就要帶領眾人沿著走廊走向樓梯時。

隔壁的B班教室跑出一個女學生，劈頭就大聲喊說：

「啊，委員長！早啊！」

會用這個職稱稱呼春雪的學生，在校內就只有一個人。春雪停下腳步，對這個到最近總算似乎也不是不覺得自己可以正常談話的對象——飼育委員井關玲那——回應：

「早、早啊。對喔，井關同學是負責B班展示……」

他話說到這裡，就被玲那用力拍響雙手的清脆聲響打斷。玲那雙手舉在臉前合掌，說出令他意想不到的話：

「委員長，我一直蹺班沒去照顧小咕，真的很對不起！從下週起我一定會超努力工作的！」

玲那甩動比平常捲了五成的長捲髮低頭道歉，春雪趕緊回答：

「不、不用這麼誇張地道歉啦，妳要準備班上展示的內容一定也很忙吧？」

「可是小咕每天肚子都會餓啊。又不是說要準備班上的展示就可以蹺班。雖然每次回家前我都會去看看小咕，可是怎麼說，心情就覺得好消沉……」

【UI＞只要有這份心，井關學姊就是個好飼育委員。】

這樣的字串顯示在視野下方，於是轉身一看，看到謠雙手仍然舉在空中，露出笑嘻嘻的笑容。玲那似乎到這時才注意到春雪不是一個人來，

「超委員長也來啦！下週我真的會好好照顧小咕……」

她又道歉一次，但說到這裡就忽然停住。接著視線左右掃過一遍，以難以言喻的表情看了春雪一眼。

「委員長，你的伴怎麼全是外校女生？我說真的，現在到底什麼情形？」

「才、才沒有什麼情形啦！呃、呃，那，下週的委員會活動我們要努力……」

春雪快速說到這裡，企圖趕快脫離現場，但玲那卻莫名地露出甜笑，擋住他的去路。

「難得碰到了，要不要來我們咖啡館坐坐？」

「不、不了，這個，我們剛剛才吃過可麗餅……」

春雪正要鄭重婉拒，但接著就注意到不對勁。B班的展示內容應該是「角色扮演咖啡館」，玲那卻只在梅鄉國中的制服上披上印有【動物王國CAFE】字樣的圍裙，怎麼想都不覺得有角色扮演的感覺。

——玲那似乎從春雪的表情看出他的心思，甜笑著說：「你對這個很好奇吧？」同時左手往教室入口一擺。她都這麼推薦了，實在不方便就這麼離開，而且他也的確產生了興趣，想知道到底是怎麼個角色扮演法。

春雪戰戰兢兢地又轉過身去，就看到仁子一邊以全身表達拿他沒輒的情緒一邊說：

「我就知道會弄成這樣。那也好，我們就去看看吧？」

「K。」

Pard小姐立刻點頭，理由或許是平常就穿女僕風格的制服工作，所以其實對B班的展示內容很有興趣——只是春雪也不知道這樣的猜測是否正確。

春雪剛在玲那的「七位客人，請帶位！」喊聲催促下走過入口，立刻看得連連眨眼。除了玲那以外的幾個女服務生也都在制服上披上圍裙，教室內更裝飾得十分精緻，醞釀出相當道地的咖啡館風味。而且這裡和猛用AR顯示的C班不一樣，還貼了印有磚牆與木頭窗框的合成壁紙，相信一定花了許多工夫。店內的四張桌子，也是用教室原有的桌子拼成，還披上了桌布。至於店名取作「動物王國」，則似乎是因為店裡到處放滿了大大小小各式各樣的動物布偶。

春雪被帶到八人座的大桌，終於忍不住對玲那說出了相當煞風景的感想：

「你們裝飾得好漂亮，可是這不能用AR材質代替嗎……」

「我們也想到過這個，可是會這些的人力資源已經用光了。」

「咦？你、你們哪裡用了AR？」

春雪往店內四處張望，卻看不到疑似AR的影像。硬要說有什麼地方吸引他注意，就是教室後方高出一階，變得像是舞台，有四個學生客人在那兒擺姿勢拍照，但背景就只是尋常的磚牆，他們身上穿的也是梅鄉國中的制服。附帶一提，玲那以外的幾個女服務生，也都是在制服上披著圍裙。

但同樣望向舞台的楓子卻似乎看出了什麼端倪，點點頭說：

「啊啊，原來是這麼回事啊？所以才說是『角色扮演咖啡館』……這點子相當有趣呢。」

「就是這麼回事。只要點一杯飲料，要拍照多少次都行！對了，呃，請問要點什麼飲料？」

她們的談話讓春雪完全無法理解，但又不方便對已經開啟店員模式的玲那問下去，只好看看桌上的菜單。本以為菜單頂多只是現成的無酒精飲料，卻發現上面列出的名稱有什麼【小貓惡作劇】、【午睡的獅子】之類的，做得相當用心。根據上面的說明，這些都是用新鮮果汁與風味糖漿製成的原創無酒精雞尾酒。

眾人鬧了半天點完飲料——春雪被迫點了【晚霞烏鴉】，Pard小姐自願點了【豹爬樹】——幾分鐘後飲料就從設置在教室角落的廚房送到桌上。

當眾人邊鬧邊將這些形形色色的雞尾酒——【晚霞烏鴉】是芒果汁上飄著黑色珍珠粉圓，還挺好喝的——正好就在喝完時，攝影區空了出來，於是就在玲那的催促下起身。

六個女生似乎已經解開為什麼叫做角色扮演咖啡館的謎，以毫不猶豫的步伐前進，但春雪還是一頭霧水。儘管跟著大家走到舞台前，卻在最後面歪著頭納悶，忽然間卻有人從後拉了拉他的衣服。春雪轉過身去，玲那就在他耳邊小聲說：

「我覺得對委員長來說，拍人可能比被拍開心喔？」

「咦？啊……嗯、嗯。」

的確，比起和六個女生一起上舞台，當起攝影師來仔細構圖，明顯更合他的性子。而且真要拍團體照，等和黑雪公主、千百合與拓武會合後，應該也還會再拍。於是春雪點點頭，對楓子等人說：

「那我來幫大家拍！請大家再往中間靠一點……日下部同學，再往右一點……好，這樣就OK了！」

春雪啟動視野攝圖APP，正要攝影的瞬間……

虛擬桌面的正中央跳出一個視窗，裡面有一行字寫著【魔法的時間！】，底下則是要求准許顯示AR的Yes／No按鍵。春雪皺起眉頭，想不通魔法是指什麼，台上的六人則似乎已經料到會有這樣的情形，一起動了動手指。

春雪心想既然她們都許可應該就沒關係，於是也舉起右手，按下Yes按鍵。緊接著……

一陣大聲的嗡嗡聲中，舞台籠罩在七色的煙霧之中。這當然不是真的煙霧，但春雪還是反射性地被嚇到上半身往後仰。煙霧短短幾秒就消失，他熟悉的女性超頻連線者們再度從中現身，然而……

「喏哇啊！」

春雪再度嚇得上身後仰，大聲叫了出來。因為她們六人的外表，除了臉孔、頭髮與體型之外，都產生了劇烈的變化。之前穿的便服消失，改由毛茸茸的毛皮或羽毛罩住全身，頭上還長出大大的耳朵，腰間多出尾巴或尾羽。用一句話來形容，就是彷彿被人施了「變成動物的魔法」而變身……

「……啊、啊啊，所以才說是魔法的時間啊……」

春雪總算對狀況理解了一半左右，重新看看舞台上的六個人。每個人都變成了不同的動物，從左到右分別是綸的灰色小鹿、楓子的藍色大鷲、謠的白鼬、仁子的粉紅兔、晶的淡褐色河狸，最後Pard小姐則是有著黃底黑色豹紋的——豹。

春雪呆呆地看著女生們開心地品評彼此變身後的模樣，忽然間又注意到一件事，又問了一句話：

「啊……大家該不會都是變身成剛才喝的飲料名稱上寫的動物……？」

「就是這麼回事。而且這明明就在菜單正面上寫得清清楚楚。」

玲那以有點傻眼的表情說出這樣的評語，接著又想到了什麼似的補上一句：

「我看委員長一定是那種下載了遊戲也不看說明書的人吧？」

「妳、妳說對了……」

春雪靦腆地笑著回答，內心卻鬆了一口氣。看來這變成動物的魔法只會在舞台上發動，當攝影師的春雪則還是制服。要是喝了什麼河馬、大象之類的飲料，跟大家一起登上舞台，現在一定慘不忍睹。

「……只是話說回來，這AR程式好厲害啊。也沒掛上標記，就要把材質精準地貼上會動的人體，應該很難處理好才對……」

當變身帶來的驚奇過去，春雪接著又對技術面好奇起來，說出這樣一句話。就難度而言，應該比只在牆壁或窗戶上貼圖的C班班級展示高出相當多。

玲那聽到春雪這麼說，就半是自豪、半是尷尬地說：

「那些艱澀的東西我也不太懂，可是老姊在一家很大的店當採買，她就是跟合作廠商借來他們開發的試穿用程式。然後那些布偶裝的資料也是這樣來的。」

「原、原來如此……」

玲那說的「店」前面省略的字眼，多半不是「遊戲」，也不是「PC」，而是時裝方面的詞彙。春雪勉強推測到這裡連連點頭，就聽到……

「喂～委員長同學，你們聊得那麼開心，我都不好意思打擾了。可是差不多可以請你拍照了沒啊～～」

聽到仁子這麼說，春雪趕緊將視線拉回舞台。

「啊、對、對不起！我馬上拍……大家保持現在的位置就好，那我要連拍三張了！」

春雪喊完後，這次真的按下了相機APP的攝影鈕。視野中顯示著大大的數字3，倒數到0的同時，響起虛擬快門的喀嚓聲。

雖然叫做「視野擷圖」，但即使是神經連結裝置，在現階段也還無法直接擷取眼球感應器……也就是肉眼捕捉到的影像，而是用內建在裝置前方的小型鏡頭來攝影。因此在連續攝影時，當攝影師的人必須極力保持靜止不動。

說是這麼說，但春雪拍了第一張照片後注意到一件事，差點不由自主地低下頭去。他趕緊先讓脖子固定不動，然後才只轉動視線去看。仍然顯示在虛擬桌面下方的換衣服AR程式視窗裡，似乎存在著拉開選項選單的按鍵。他不經意地點點看，就拉出一道選單。

大部分的項目名稱都是【Milano Collection 2047春夏】、【London Collection 2047秋冬】（註：米蘭時裝秀與倫敦時裝秀）之類時裝界的活動名稱，但春雪完全無法理解。一路捲到選單最下面，有個項目叫做【Animal Fur Suit】，上面亮起了表示已經選用的記號。

春雪還看得懂這意思大概是「動物布偶裝」，於是在內心恍然地點點頭，接著又注意到選單最下面還存在著另一個項目，名稱叫做【Animal Fur Suit S】。

……是Super？Special？還是Strong？

春雪皺起眉頭思索，但這實在無從推測。第三張照片正好就在這時拍完，春雪心想不如乾脆就來試試，於是舉起手指，碰上了這個也許意味著Strong布偶裝的項目。視野中跳出詢問是否直接切換正在使用的試穿資料，於是手伸向Yes按鍵——

「啊，委員長，那個不行啦！」

等玲那在身邊大喊，春雪已經輕輕按了下去。

一秒鐘後，舞台上傳來盛大的尖叫聲——雖然實際發出尖叫的似乎只有仁子一個——

春雪抬起頭來，目擊到的是六個人身上原有的動物布偶裝毛皮部分消失了八成以上，改貼上肌膚材質的模樣。這已經變成了「動物風格泳裝」，又或者是「遊戲中出現的半獸人美少女」。

「你、你這傢伙，趕快給我弄回來！小心我扁你！」

仁子凶神惡煞似的吼叫。

「這樣，有點，害羞說……」

綸說得淚眼汪汪。

「……」

「……」

晶與Pard小姐不發一語，眼神變得冰冷。

「哎呀，弄成這樣，晚點可得小小處罰你一下了。」

楓子微笑著發出這樣的評語，謠則滿臉通紅躲在她身後。

看到舞台上的慘狀，春雪完全陷入恐慌。他一邊發出打嗝似的聲音，一邊急著把試穿用資料調回去。但由於太過慌張，雙手亂揮一通，結果右手還沒選到，左手就先碰到桌面上的另一個視窗……

視野中顯示3、2、1的倒數讀秒，接著快門聲響徹了整間教室。

等玲那告訴他「Animal Fur Suit」的S是Sexy的S，一切都已經完了。

馬力全開的賠罪與強制刪除照片資料等一連串程序結束後，時間正好來到十一點。

眾人急忙回到學生餐廳，和脫下圍裙但仍然戴著兔耳朵的千百合會合。春雪一邊想著至少應該慶幸小百還有學姊沒來動物王國，一邊領著增加到八人的隊伍前往劍道道場。

設在道場入口的招牌上用毛筆字寫著【SAMURAI×DANCE】，讓人既期待又不安，但進去一看，站著看的位子幾乎都滿了。好不容易找出八人份的空間，等待五分鐘後表演開始。

其間春雪朝站在身旁綸的側臉看了幾眼。儘管她在角色扮演咖啡廳裡顯得很開心，還是覺得她比平常沉默。然而窗戶全都用黑幕遮住，燈光也調得很暗，讓道場裡十分昏暗，看不出她的氣色是好是壞。

「……日下部同學，如果還是不太舒服請妳儘管說，我會馬上帶妳去保健室……」

春雪毅然地在她耳邊這麼說，綸就對春雪露出微笑。

「謝謝你。可是，我不要緊的……」

「是嗎……」

春雪點點頭回應，忽然覺得綸的模樣有一部分不太對勁。正覺得納悶而眨了眨眼，場內的燈光已經完全關掉。

場邊傳來低沉的太鼓聲，鼓聲越來越大，越來越激烈，經過一瞬間的最高潮後忽然停止。

強烈的聚光燈撕開寂靜。不知不覺間十幾名穿著和服的劍道社男社員已經以雙手抱胸的姿勢，整整齊齊站在道場中央。雖說是和服，卻不是社團活動時穿的劍道服，而是深青色無袖外褂配上水藍色和服褲的江戶時代武士裝扮。雖然沒誇張到理成武士頭，但每個人額頭上都綁著一模一樣的白色頭帶。

站在前列正中央的不是別人，正是拓武。他只有在今天摘下眼睛，把頭髮梳到背後，所以完全沒有平常的博士味。觀眾席上有女生嬌聲大喊：「黛同學～～！」讓春雪忍不住偷看朝左邊的千百合有什麼反應，但所幸她似乎只擔心表演順不順利，根本沒心思吃醋。

當場面回歸寂靜，拓武慢慢鬆開手，右手移到左腰。佩掛在腰間的不是竹刀，也不是木刀。他伸手握住連接黑漆刀鞘的刀柄，唰的一聲拔出，空中應聲閃出一道刺眼的銀光。

想來這刀當然不是金屬做的，而是在塑膠材質上施加金屬色塗裝的模造刀，但由於拓武的動作充分表現出沉重的力道，讓人怎麼看都只覺得是真刀。他雙手握刀，慢慢舉到大上段。

舉到定點後穩穩定住，就在緊張感繃緊到極限的下一瞬間，拓武配合大太鼓的低沉鼓聲，銳利地揮刀下劈。隔了一拍後，其餘社員也以有條不紊的動作拔刀，舉刀做出上段斬。

接下來的群舞，只有一句技驚四座可以形容。一群武士乘著大太鼓的連環鼓聲，在喊聲中跨步、揮刀、跳躍、轉身。有時完美地同調，有時則每個人與每個人之間都拉開時間差，在舞台上衝鋒陷陣似的舞動。

不知不覺間，背景音樂也換成了節奏鮮明的日式搖滾，觀眾席上湧起用手打拍子的聲音。春雪也看著舞動得汗珠飛散的拓武，一心一意地打著拍子。拓武會被提拔擔任正中的位置，多半是看中他的身高與外貌，但外界傳聞等到夏季大賽結束拓武就會是下一任社長，或許也是理由之一。

拓武的左後方，有一名小個子的武士以極為認真的表情舞動。他的視線始終不從拓武身上移開，拚命想跟上拓武的動作。是能美征二，也就是之前的「掠奪者」Dusk Taker。他在無限制空間的生死戰中落敗，失去BRAIN BURST程式與加速世界的記憶，已經不再是超頻連線者。

就連深植他心中的凶暴掠奪衝動也徹底消失，聽說他現在是個認真的劍道社社員，滿懷仰慕地稱拓武為「阿拓學長」。當初他動用物理加速（Physical Burst）指令而得以發揮的壓倒性實力應該已經消失，但相信他是本來就很有才能，只見他每一個舞蹈動作的俐落與精準，都超越了絕大多數的社員。而最重要的是，他那還留著幾分稚氣的臉上，沒有任何扭曲與憎恨。相信對能美來說，BRAIN BURST就是一種詛咒……

——不，多半只是我這麼希望。

春雪配合隨著表演慢慢進入最高潮而越來越激烈的音樂，全力拍著雙手，腦海中卻有角落在思索。

BRAIN BURST對所有超頻連線者來說都一樣，既是「救贖」，也是「詛咒」。可以說這種雙面性，正是加速世界的本質。在那個地方，善意與惡意都可以平等的存在。若是被惡意牽著走，相信春雪也一樣會像以前的能美那樣，變成一個憎恨纏身的超頻連線者。相對的，春雪讓

Dusk Taker失去所有點數，也等於剝奪了能美在那個世界找到的——至少是將來有機會找到的——善意。

如果BRAIN BURST允許玩家安裝第二次就好了。

明知這是自私的感傷，但春雪就是沒辦法不這麼想。當然了，春雪現在對能美來說已經成了個幾乎完全陌生的人，即使去邀他，他多半也不會願意複製安裝這種來路不明的程式。而且最重要的是，現在的能美想必不需要加速世界的救贖。

但應該還是可以有別條路才對。這樣的想法始終揮之不去。

雖然管不到能美的「上輩」，但如果至少能比加速研究社更早認識能美，跟他多打幾場沒有BIC、影片圈套這些東西介入的純粹對戰，相信總有一天，和懷抱著莫大飢渴的能美也能夠和解。春雪想這樣相信。

舞台上兩兩相對的武士們，用快得會讓人有點害怕的速度揮刀交擊。發出的金屬聲響當然是喇叭播出的音效，但節奏絲毫不亂。擊劍在對打組合接連交換的情形下持續進行，眼看就要呈現出大會戰似的混沌樣貌，卻一口氣排好隊伍舉刀到上段姿勢。音樂與舞步都倏然停止，觀眾打拍子的聲響也慢了幾拍後停歇。下一瞬間。

「喝啊啊啊啊！」的一聲吼叫下，所有人一起揮刀下劈，這場武士之舞就此結束。

春雪看著聚光燈下露出笑容的拓武與能美，和所有觀眾一起大力鼓掌良久。

「阿拓，表演真的好厲害。你們練了多久啊？」

換上運動外套的拓武才剛和眾人會合，春雪就急著問出這句話。這個順利完成帶隊重任的兒時玩伴，以靦腆的表情回答：

「還好啦，其實沒練多少次就上場了。因為下個月月底就已經是都立大賽，實在不能把太多時間花在練習跳舞……」

「可是看起來就很有模有樣啊。像衣服還有燈光也都很講究。」

「那是女社員努力的結果。從舞步到其他的所有東西，都是她們安排的。雖然穿那樣實在有點不好意思……」

千百合的評語，讓拓武以更加難為情的表情縮起脖子。

「那也未必啊，博士。我看你要是在『那邊』也穿這種無肩和服外褂打，勝率多半可以變高一點吧？」

仁子嘻嘻笑著這麼說。

「這、這是在誇我嗎？」

拓武這麼一回答，眾人就發出爽朗的笑聲。連平常不會笑出聲的Pard小姐，以及跟她有幾分相似的Aqua Current——晶，都跟大家一起露出笑容，讓春雪覺得好開心。

時間已經快到中午，眾人決定這次要去逛室外的攤位吃午餐，於是這擴大到合計九人的集團就從樓梯口走了出去。再和黑雪公主會合，就會變成十個人的隊伍，但聽說學生會的展示還得花些時間調整。春雪收到她的郵件說再過十五分鐘就可以過來，於是回信告知會合地點。

這時春雪忽然想起黑雪公主在開場前說的話，走到楓子身邊在她耳邊小聲說：

「這個，師父，目前沒有疑似襲擊的動向吧？」

「看樣子是沒有。我也看了兩次對戰名單，沒有發現異狀。只是現在也還不能大意。」

「好的。不過我總覺得就算是套件使用者，看到現在梅鄉國中裡的名單，應該會嚇得撤退……」

畢竟名單上有著多達十個超頻連線者，已經算是達到小小熱門戰區的規模，而且這當中還有著6、7、8級各一人，以及兩個9級的王存在。怎麼想都覺得即使是Magenta Scissor，也不太可能在這個狀況下來犯。

聽到春雪樂觀的說法，走在楓子前面的晶摸著眼鏡說：

「反過來說，這同時也是能夠攻擊兩個王的機會說。如果目的只是讓人感染套件，對方也可能不惜打輸也要展開犧牲打。」

「了……了解。我也會經常查看名單，儘可能搶先發現敵人，好先發制人。」

「你這麼有心是很好，可是要小心別浪費太多點數說。」

這句話由晶——Aqua Current說出口就非常有分量，讓春雪默默點點頭。

儘管和「四大元素」做出這樣的結論，但春雪內心仍然覺得今天不會有襲擊。畢竟這裡和Magenta他們據點所在的世田谷區有一段距離，而且從狀況來考慮，襲擊者方面要背負的風險太大。要是他們貿然出手，也許不但會平白打輸，甚至還會被查出現實身分。Magenta儘管接受ＩＳＳ套件卻仍然極為理智，春雪怎麼想都不覺得她會做出這種有勇無謀的襲擊。

然而……

春雪已經完全忘了三天前的小小擔憂。

Magenta Scissor的襲擊是確實發生過的，而且早在校慶開始之前就結束了。

當春雪體認到這點，已經是在走在他左後方的日下部綸無聲無息倒向他身上之後。

8

起初春雪還以為這和BRAIN BURST無關，而是她真的身體不舒服。

現在回想起來，綸從早上就顯得氣色不好。她本人說是因為早餐吃太飽，但如果只是消化不良，應該不會持續好幾個小時。春雪一邊自責不夠細心，一邊請拓武幫忙，急忙把綸攙扶到位於第二校舍一樓的保健室。

所幸病床都空著，他們也就讓綸躺在最裡面的病床上，卻沒看見保健醫師堀田的身影。視線在保健室內掃過一圈，發現有個投影標籤在慢慢轉動，幾個面上分別寫著：【暫時外出中／人在辦公室／馬上回來】。春雪看了就要衝出去叫老師來，但拓武制止他說：「我去找老師，小春你陪著日下部同學」，春雪只好回到床邊。

「這不是鴉同學的錯。」

春雪聽到這句話，轉頭一看，女生群裡唯一跟來的楓子就站在他身旁。總不能一大群人跑去保健室，所以請其他六個人在前庭的噴水池畔等候。楓子之所以同行，當然是因為她是綸的「上輩」。

「……是我應該多注意。別看綸好像很嬌弱的樣子，其實她很愛逞強，虧我還自認已經很清楚這點……」

「哪裡……我從上午就覺得日下部同學好像不太舒服。可是，我卻拖著她到處跑……」

春雪緊咬嘴唇，看著躺在眼前病床上的綸。她臉頰發白，呼吸也淺而急促。如果會不舒服好幾個小時，應該不會只是貧血。會是不小心感冒，還是……

春雪受到自責驅使，腦子裡始終轉著這樣的念頭，忽然間……

綸微微睜開眼睛以小得幾乎聽不見的聲音說：

「……對不起，有田同學。對不起……楓子師父……」

「不、不用道歉啦，日下部同學。都怪我害妳勉強自己，對不起……保健室的老師就快來了……」

春雪拚命壓抑，不讓自己越說越大聲。但綸微微搖動蒼白的臉，說道：

「這……不是感冒，之類的症狀。我的身體……完全沒事。受苦的，不是我，是對戰虛擬角色……哥哥他，昨天……被ＩＳＳ套件，寄生了……」

綸說Ash Roller是在星期六的下午，受到Magenta Scissor挑戰。地點是在世田谷第一戰區。說是她離開學校後，在環狀七號線搭上公車，剛將神經連結裝置連上全球網路時發生的。

Magenta能夠連射無法防禦的遠程攻擊「黑暗氣彈」，Ash仍然奮勇抗戰。然而不靠心念，終究對抗不了使用心念攻擊毫不遲疑的敵人。等Ash失去機車的機動力，Magenta就用剪刀施加「手術」，強制讓ＩＳＳ套件寄生上去。

本來她應該立刻和楓子聯絡，想辦法找出對策。但綸說有著她唯一親生哥哥日下部輪太人格的Ash Roller，在對戰結束前對她發出強烈的思念。他說大爺我要忍一天根本不是問題，所以妳明天儘管去校慶玩個痛快。

「……我……好幾次想不聽哥哥的吩咐，跟師父聯絡。可是……我……感覺到……哥哥自己，從好幾天以前，就一直期待有田同學的校慶……所以……我……」

綸以顫抖的嗓音說到這裡，從白色的毯子下伸出右手，輕輕碰了碰脖子上的神經連結裝置。

這時春雪才注意到上午碰到綸時會覺得不對勁的原因。

日下部綸平常都帶著蠟筆綠的神經連結裝置，只有在對戰的時候，會換成金屬灰的裝置。那是她的兄長輪太以前在用的神經連結裝置，BRAIN BURST程式也是安裝在這具裝置上。

所以既然今天的校慶裡不需要對戰，綸應該戴上自己的神經連結裝置才對。但從早上在正門會合的時候，她的脖子上就戴著兄長的裝置。理由或許是想讓昏睡在澀谷區醫院病床上的輪太，也能感受到校慶的氣氛。

但ＩＳＳ套件最可怕的地方，就是連並未進行加速的時候，甚至就連卸下神經連結裝置時，精神寄生也會一步步繼續進行。套件入侵綸的對戰用裝置之後，在昨天綸回家、就寢、今天來到梅鄉國中參觀校慶的其間，多半也一直在持續成長。

「……得趕快趁寄生繼續惡化之前淨化才行……」

春雪蹲到床邊，凝視著綸脖子上那具外殼有著閃電狀裂痕的神經連結裝置，從喉嚨擠出這句話。要是等到人格都已經改變，要解除套件就會非常困難。前幾天在世田谷戰區遇到的兩名Chocolat Puppeteer的好友，起初也完全不理會Chocolat的呼喊。

——不，別說好不好救，我根本就不想看到受到套件支配的Ash Roller，絕對不想。

春雪猛力抬起頭，面向站在他左邊的楓子。身為黑暗星雲副團長的她似乎也大受震撼，但一和春雪視線交會，就毅然點了點頭。

「鴉同學，我們先檢查Ash的狀態。可是，如果透過校內網路來對戰，就連小幸他們也會被拖來當觀眾，所以……」

「要用直連對戰是吧？線我有一條。」

春雪在小型的背包裡翻了一會兒，拿出一條ＸＳＢ傳輸線。楓子也從腰包裡拿出一條一樣的線，這樣就可以讓三個人一起直連。他們從牆邊搬來兩張折疊椅坐下，春雪就把傳輸線的一頭插上自己的神經連結裝置，另一頭遞給綸。

「日下部同學……可以嗎？」

他輕聲這麼一說，綸儘管還顯得難受，仍然微微露出微笑。

「跟那個時候……相反呢。」

春雪立刻聽懂了她這句話的意思。十天前，春雪成了第六代Chrome Disaster，想從軍團伙伴面前逃亡，卻在公寓大樓的一樓被初次見面的綸攔下。綸把春雪推進楓子停在地下停車場的電動車後座，強行和他直連。為的是拯救春雪。

「……我一定會救妳哥哥。」

春雪這麼一說，綸就以淡淡的笑容點了點頭，把脖子往右歪。春雪把右手上的接頭，輕輕插上她露出的神經連結裝置直連用插孔。

幾乎就在同時，楓子也從左側把傳輸線插上春雪的神經連結裝置。當兩個有線式連線警告標語顯示出來，就聽到不只一個人的腳步聲從走廊快步接近。多半是拓武帶了老師來。

春雪朝楓子瞥了一眼，同時點了點頭。正規對戰最長也只有一點八秒，肯定能在老師抵達前就結束。

「由我來開對戰。」

楓子這麼宣告，也不讓春雪反對，立刻唸出加速指令。

「超頻連線。」

虛擬的雷聲響起，眼前的綸、保健室的光景，以及準備迎接下午時段而更加熱鬧的校慶喧囂聲，都凍結成一片藍色。

春雪盼望至少要是陽性的場地屬性，而他的願望實現了一半。

因為雙腳尚未碰到地面，就聽到以手風琴為主的熱鬧音樂。如果是老派的格鬥遊戲，各個場地都會有專用的背景音樂，但BRAIN BURST裡有附音樂的場地相當稀少。

春雪聽著這聽似歡騰，但偶爾的走音又令人有些毛骨悚然的背景音樂，迅速看了看四周。這裡是室外——多半是梅鄉國中第二校舍的屋頂。他算是觀眾，所以會在離兩名對戰者相當遠的地方實體化。

儘管天空昏暗，地上的梅鄉國中卻籠罩在暖色系的光線之中。電線雜亂地鋪設到約兩層樓高的高度，掛著現實世界中已經看不到的大型電燈泡。燈泡不時發出滋滋聲閃爍，令人覺得很靠不住，而這些閃爍的燈光下，更有著沒有實體的人形剪影三三五五地蠢動。這些人影時而圍成圈子跳舞，時而成群行走，但人影本身就像棍棒一樣細，身高也只有一公尺左右，讓整片光景就和音樂一樣，熱鬧中摻雜著幾分詭異。

破爛的攤販沿著校舍牆壁排得密密麻麻，同樣沒有實體的人影老闆在販賣各式各樣奇形怪狀的東西。氣氛看似跟現實世界的校慶十分相似，卻有著決定性的差異。這是「奇祭」場地，屬於中階的黑暗系屬性。

由於屬黑暗屬性，四處都排滿了會阻礙行動的機關，讓整個場地顯得非常刁鑽，但這次也有可能不進行戰鬥。春雪一路跑到屋頂的邊緣，俯瞰導向游標所指的方向。

看來兩名對戰者都已經從保健室出來。在第一校舍與春雪所待的第二校舍之間的前停樓梯口，可以看到一名身形苗條的對戰虛擬角色坐在輪椅上。這個人對四周徘徊的小小人影絲毫不為所動，她是黑暗星雲副團長「鐵腕」Sky Raker。

照理說Ash Roller應該就待在她正視的方向上，但缺乏指向性的電燈泡能照到的距離很短，前庭正門一帶都籠罩在視線無法穿透的黑暗中。但如果是平常的Ash，對戰一開始就會猛催引擎大喊：「Hey Hey Hey！」光是Ash會保持沉默，就不得不判斷他的精神狀態已經和平常不一樣。春雪想到這裡，再也按捺不住衝動，從屋頂一躍而下。

由於他是觀眾，即使從三層樓高的高度跳下，也並未受到衝擊。春雪下到保健室窗外，就要走向輪椅和Raker討論狀況。

但就在這時——

一道強烈的光撕開了正門附近的黑暗。

光的顏色不是眼熟的鹵素燈所發出的黃白色，而是像紅燈，甚至像血一般的深紅色。黑色的人影紛紛從筆直延伸的燈光照射範圍內逃開。

接著內燃機的驅動聲撼動了整個場地，而且不是平常那種熱鬧的V形雙汽缸引擎音效。低沉而渾濁的悶響，聽起來甚至像是大型生物的威嚇聲。

即使暴露在凶煞的燈光與噪音下，輪椅上的Sky Raker仍然一動也不動。她任憑流體金屬狀的頭髮部位與白色連衣裙的衣襬微微搖動，雙眼始終正視前方。

對方似乎受不了這樣的寂靜，紅色的車頭燈終於動了。

剛開始是慢慢接近，然後漸漸提升速度，來到燈泡照明下的瞬間，引擎立刻凶猛咆哮。加速的程度已經超過機車的領域，看在春雪眼裡，怎麼看都只覺得是一隻身披黑銀兩色的大型野獸在跳躍。

Sky Raker坐在遠比機車小的輪椅上，但即使看到巨大的車身逼近，仍然不為所動。她瞇起一對晚霞色的鏡頭眼，彷彿在計算時機。一陣子以前的一場領土戰裡，Raker就曾經秀過一手神乎其技的手法，先等Ash衝到幾乎撞到她，才一邊後衝一邊用力握住機車的煞車，讓Ash往前翻車。

但春雪怎麼想都不覺得同樣的方法這次也會管用。畢竟機車的加速能力已經完全不一樣，而且Raker後方短短十公尺處就是樓梯口的門，奇祭場地裡的建築物又不能進入，完全沒有足夠的空間可以往後衝刺。

「師……師父！」

春雪儘管壓低音量，仍然忍不住喊出來。

但Raker仍然輕輕把手放在輪椅的兩輪上，一直停留在原地。逼近到面前的車頭燈把Raker全身照成血色，引擎的轟隆巨響震得她頭髮與裙襬飛揚。

眼看猛力旋轉的機車前輪就要碰上輪椅細小車輪的那一剎那，Raker有了動作。說得精確一點，春雪看到的只有幾道連續發光的銀光殘像。輪椅以連春雪都看不清楚的速度一邊旋轉，一邊往左避開。

Raker所駕馭的輪椅，從靜止狀態轉為衝刺的加速度快得嚇人，遠遠凌駕在其他對戰虛擬角色自己用腳蹬地的速度之上。這樣的機動力幾乎無異於短距離瞬間移動，但春雪以前一直以為只能用在前進或後退。畢竟輪椅的車輪固定在本體上，沒有舵可以轉向，當然也就無法往正左或正右方前進。要從停止的地方往左右衝刺，就必須先迴旋再前進。

但現在Raker的輪椅卻不知道是以什麼方式運作，竟然連續迴旋，同時往正左方滑開。大型機車跟不上這樣的動作，只一瞬間擦出火花就衝了過去，衝向關閉的樓梯口。春雪想到會劇烈碰撞，咬緊牙關看著。

但撞擊與爆炸都並未發生。機車像野獸似的在即將撞到牆壁時一瞬間壓低身體，以非常急的角度轉向跳起。輪胎一接觸到校舍牆壁，立刻做出一個甩尾迴旋，掉頭九十度之後就此定住。

金屬的巨大車身黏在垂直的牆上不動，形成一幅令人懷疑自己重力感覺的異樣光景。Ash Roller的機車的確有著「牆面行駛」的特殊能力，但應該從來不曾像這樣停在牆上不動。

不，真要說起來，機車本身就和以前不一樣，整輛機車都變得讓人完全認不出來。

「……Ash兄……」

春雪擠出不成聲的聲音，抬頭看著停止牆上──正好就在梅鄉國中校徽所在的位置──靜止不動的機車。

前後輪胎都變得更寬，胎面中央有著一連串獠牙般的尖銳突起。前輪架與油箱都覆蓋在一層蛇鱗般的銀色鱗片下，從引擎到排氣管的部分更有如生物內臟一樣醜惡。

不，也許這輛機車已經成了真正的生物。畢竟本來應該是機車主人的騎士……也就是Ash Roller本人，都已經和機車融合在一起。無論是握住握把的雙手，還是踏住踏板的雙腳，甚至連頭與身體也都覆蓋在鱗片狀的金屬外殼之中，從外面完全看不到裡面的情形。

但春雪仍然感受到機車發出的強烈視線，而他也立刻看出了理由。

發出紅光的車頭燈並不是車燈，而是一個巨大的眼球，一個圍繞在黑色有機組織之中的深紅色眼球。是春雪這陣子目擊過好幾次，一種眼神空虛卻又蘊含了強烈惡意與慾望的眼球。

「怎麼會這樣……ＩＳＳ套件竟然……寄生在機車上……！」

紅色的車頭燈彷彿聽見了春雪的驚呼，慢慢地眨了一次眼睛。

內臟似的引擎發出低吼，黑銀雙色的活體機械車頭燈光仍然指向地面，同時沿著牆壁慢慢上升……也就是在倒車。本來Ash Roller的機車絕對做不出這樣的動作。紅光的照射方向繞著小圈轉動，捕捉到在前庭南方再度停止不動的Sky Raker。接著就像盯上獵物的肉食猛獸一樣，迅速地閃了兩次車燈。

從這模樣看來，怎麼看都覺得是寄生的ＩＳＳ套件在控制機車，現階段完全無法推測殼中的Ash Roller處在什麼樣的狀態下。這場直連對戰的目的，在於和他說話來了解狀況，但要和他說話，多半必須先癱瘓機車。然而既然機車和使用者融合到這個地步，要選擇性只破壞機車將會非常困難。無論讓機車側翻或滾翻，機車多半都不會放開已經吞進自身體內的騎士。

而最令春雪害怕的，就是想像套件寄生在強化外裝這種非常態的情形，以及短時間內就加強到這種地步的支配力，是否將會妨礙「淨化」。對戰虛擬角色受到寄生的期間，套件都會持續干涉人格。要是不立刻分離套件，還原成封印卡狀態，Ash Roller與日下部綸……這兩個曾經多次幫助過春雪的重要朋友，也許就會變了樣。

春雪急得像熱鍋上的螞蟻，想也不想地大喊：

「Ash兄……請你醒一醒，Ash兄！你才不會輸給這種鬼套件……不是嗎！」

他一喊之下，機車就加強了引擎的吼聲，彷彿在回應他的呼喊。

緊接著春雪看見了。看見紅色車頭燈兩側像有機物般扭動的前車殼表面上，開出了兩個大洞。

但這並非機車騎士得到解放的前兆。一種比黑暗更黑的能量正慢慢匯集到洞口之中。紫色的火花迸出，整輛機車都劇烈顫動。春雪直覺地猜到會發生什麼事，正要再度出聲呼喊……

「師父，快躲……」

但他的喊聲被沉重的震動聲響蓋過。漆黑的能量彈從前車殼的洞口發射出來。這是ＩＳＳ套件賦予裝備者的心念攻擊之一——「黑暗氣彈」。能以虛無系能量，讓命中的事物全部瓦解，是一種非常可怕的遠程攻擊，而且還一次發射兩發。

光是被心念彈微微擦過，多半都會讓脆弱的輪椅遭到破壞而無法行駛。但Sky Raker仍然不動，她毅然看著兩道黑暗射線逼近，輕輕舉起右手，緩緩張開五指，並將筆直伸向前方的手轉動一小圈——

「『漩渦風路（Swirl Sway）』！」

就在喊出招式名稱的同時，一陣水藍色的光輝籠罩住她的右手。光芒以她的手掌為中心劇烈轉動，引發旋風。光芒轉眼間就成長為小型的龍捲風，撼動了整個前庭。

兩發黑暗氣彈剛碰到龍捲風就遭到吞噬，以猛烈的速度旋轉，但仍然像有著自己的意志一般，繼續朝Raker逼近。氣彈直逼到離手掌只剩幾公分，但終於屈服在旋轉的威力之下，從龍捲風內彈開，第一發命中第一校舍，另一發則命中第二校舍的牆壁。

不能進入的建築物，同時也是不能破壞的物件，卻被虛無能量的爆炸炸出一個大洞。既然能彈開有著這種威力的心念攻擊，相信Sky Raker發出的光芒龍捲風也是以心念形成的。無論防禦性能還是發動的速度，都達到了大師級的境界。

心念可以按性質分為四大類。以希望或絕望作為力量來源，以及效果只及於個體還是範圍。

據春雪所知，Sky Raker——倉崎楓子就是最擅長使用「以範圍為對象的正向心念」的玩家。原因很簡單，因為她相信心念系統。她相信BRAIN BURST、相信加速世界，相信從這個世界找到並培養茁壯的情誼之力。

相信憑楓子的力量，一定能把Ash Roller從黑暗中拉回來，能夠除去折磨綸的惡意。春雪懷抱這樣的確信，將視線從Raker身上移開，抬頭看向應該還黏在樓梯口上方牆上的活體機車，接著卻震驚得瞪大眼睛。

找不到。春雪的目光只移開短短幾秒，機車卻已消失無蹤。但這種事情是不可能的。「移動時會發出吵鬧的噪音」這個Ash Roller最大的弱點，應該是連ＩＳＳ套件也無法克服的。

即使假設套件能像改變變速機構而實現倒車能力那樣，想辦法消除汽油引擎的爆響，但只要機車還是機車，就必須用輪胎接觸牆壁或地面來移動。那種長滿獠牙般突起的輪胎移動時，應該會發出劇烈的噪音……

——不對，不是這樣。

只有一個地方，可以連輪胎聲都不發出就移動，那就是……

「師父！上面！」

春雪一邊嘶吼，一邊仰望天空。奇祭場地的夜空中沒有星星，覆蓋在像是隨時都會下雨的厚重雲層之中。天空的三個方向都被校舍的牆壁圍住，剩下的灰色長方形正中央有個特別黑的影子存在。是機車。機車利用兩發黑暗氣彈命中校舍時發出的轟隆巨響遮蔽，短暫地猛催引擎，從牆壁跳上了天空。

機車以肉食猛獸撲向獵物的動作，朝Sky Raker落下。憑輪椅的衝刺力，當然有辦法躲開。但那種重量級的物件重重落到地上，會發生比大型虛擬角色的踩踏攻擊更強大的震動波。要是以輪椅移動的過程中被這種效果波及，輕量的輪椅就有可能會翻倒。但話說回來，要是不躲開而被壓在底下，肯定會受到重大損傷……

「……師父……！」

觀眾完全無法干涉對戰，甚至無法接近對戰者半徑十公尺以內。儘管腦袋知道這些規則，春雪仍然本能地就要從校舍的牆邊衝出。

但即將衝上前之際，他卻看見Raker的雙眼在黑暗中發出銳利的光芒。

情勢並非對方將了她一軍，而是正好相反。楓子一直在耐心等待機車跳躍，等待機車在無從發揮機動力的空中露出無害的腹部。

Raker的背上產生了耀眼的水藍色閃光。轟的一聲噴射聲響中，白色的帽子應聲吹走，連身洋裝也碎成碎片而消失，連輪椅都被推到後方去。

下一瞬間，有著天藍色裝甲的優美女性型虛擬角色從背上噴出兩道噴射火焰，爆炸似的升空。這種遠超過Silver Crow全力爬升的速度，是來自她渴望天空的心所創造出來的推進器型強化外裝「疾風推進器（Gail Thruster）」。

Raker瞬間達到降落中的機車所在的高度，毫不猶豫的伸出看似苗條的右手，打在引擎下方。不是拳頭，也不是手刀，而是掌擊。雷鳴似的撞擊聲響起，腸道般的引擎機管斷裂飛散，引擎區塊各處迸出的裂痕噴出深紅色的火焰。

但活體機車仍然不停止動作。寄生在車頭燈上的套件發出強烈的光芒，將前後輪胎籠罩在黑色的鬥氣之中。雖然只有後輪在轉動，但Raker的長髮一碰到在身前呼嘯而過的漆黑過剩光，就無聲無息地遭到撕裂。想來這應該是相當於近戰用心念攻擊「黑暗擊」的能力。一旦被捲進車輪的旋轉，相信就連Raker也不會毫髮無傷。

但天藍色虛擬角色絲毫不顯得畏懼，接著左手又是一記掌擊打在引擎上。裂痕更加擴大，噴出的火焰化為橘色的雨點灑在地上。輪胎的旋轉速度變慢，紅色的眼球也難受地閃爍。

機車受到的損傷相當大，但顯示在春雪視野右上方的Ash Roller體力計量表，卻幾乎完全沒

有減損。到了這個時候，春雪才猜到楓子真正的目的。Ash本人以跨坐在機車上的姿勢被關在金屬殼裡，要是在地上攻擊活體機車心臟所在的引擎，攻擊就無可避免地會波及到他。但如果在空中從正下方攻擊，就不用擔心會誤中騎士本人，可以只針對引擎攻擊。

也就是說楓子打鬥時第一優先的目標，多半不是破壞活體機車，而是不傷到Ash Roller。

——師父真有一套！

春雪在心中這麼呼喊的同時，疾風推進器又發出了更高亢的驅動聲。

推進器的推力壓過機車的重量，舉起巨大的黑色車身。Raker抓準這個時機，一瞬間將雙手從引擎上拿開，左右更送上一記掌擊。儘管是幾乎從零距離發出的打擊，引擎部位卻完全遭到粉碎，車殼也被撕成前後兩個部分，整輛機車幾乎當場一分為二。緊接著，巨大的爆炸將奇祭場地裡昏暗的天空染成火紅。

Raker與Ash遭到火球吞沒，體力計量表都急速減少，但立刻又停止耗損。春雪睜大眼睛，看到了驚人的光景。他看見一道水藍色的光，穿破呈球形方式擴散的爆炸火焰繼續上升。一個身穿眼熟的皮衣與骷髏面罩的虛擬角色，被朝夜空愈飛愈高的Sky Raker牢牢抱在懷裡。

「……師父……Ash兄……！」

春雪熱淚盈眶，卯足每一分力氣大聲呼喊，猛力揮動雙手。

當Raker再度在前庭降落，春雪立刻急著要跑過去，但跑到一半就發現不管他雙腳怎麼動，就是無法往前進。仔細想想，即使破壞了強化外裝，對戰本身卻還在繼續，所以觀眾無法接近對戰者十公尺以內的規則也還在發揮作用。

春雪在禁止進入區的界線上無謂地掙扎了一會兒，楓子就朝他瞥了一眼，流露出苦笑的神色，舉起右手要他等一下。

接著將手掌轉動九十度，在還昏迷不醒的Ash Roller頭盔上毫不留情地劈了一記手刀。她也不管Ash的體力計量表減少了五％左右，再度舉起手，同時輕聲細語地對他說：

「Ash，你醒醒。要是我數到三時你還不醒過來，下次我可會讓你有點痛喔♡來，三、二、一……」

眼看第二記手刀揮出，就要打在骷髏面罩正中央之際……

「No～！」

粗獷的喊聲響起，戴著皮手套的雙手擺出小小的交叉手勢。

「No more chopping！我醒了，我Perfect地Wake up啦師父！」

「哎呀，是嗎？那你自己站起來。」

楓子話一出口，就放開了之前扶在Ash背上的左手。她也不在意愛徒重重往下摔，迅速操作系統選單。Ash躺著按下跳出的詢問視窗之中的按鍵，春雪的視野中就出現一串熊熊燃燒的火焰文字，告知對戰以平手收場。

緊接著先前擋住他去路的無形障壁應聲消失，讓春雪用力過猛之下整個人摔了個筋斗。他轉了一圈之後站起，全速衝到兩人身邊。

「A……Ash兄！你、你還好嗎？」

春雪在躺成大字形的騎士身旁緊急煞車，湊過去看著他的臉大喊。

「怎麼，原來你也在啊，臭烏鴉。想也知道是That's all right，大爺我怎麼可能挨了一兩記手刀就……」

「我不是問你手刀！是說你的腦袋……還是該說思考……」

「你說什麼？大爺我的腦袋當然是Everytime mega coo～～～l好不好！」

Ash回答時還雙手比出大拇指，但說話的嗓音裡仍然少了一貫的活力。春雪扶Ash坐起，自己也在他身旁跪坐下來。跑去收回輪椅的楓子也在兩人面前坐下。

最先打破這陣短暫沉默的人是Ash。他雙手放上盤起的雙膝，對師父兼「上輩」楓子深深低頭。

「……對不起，師父，我搞砸了。」

「你不用道歉，沒能預測事態會弄成這樣，我也有責任。」

聽到他們的對答，春雪深深吸一口氣，說出從對戰開始前就準備好要說的話。

「這個……真正該道歉的人是我！」

「鴉同學，這話怎麼說？」

「……我在這週的星期三……也就是Ash兄受到襲擊整整三天之前，就聽Magenta Scissor親口說過，說她會放棄北邊，改往東邊進攻。當時我第一個就該想到。我和Magenta遭遇的世田谷第二戰區東邊，就是下北澤所在的世田谷第一戰區。然後再東邊一點的地方，就是澀谷第三戰區……也就是綸同學上的學校所在的澀谷區笹塚……」

就在春雪痛心疾首說到這裡的下一瞬間……

Ash的右手揪起了春雪的衣領——應該說相當於衣領的頸部裝甲。

「……臭烏鴉！你這小子……為什麼知道她是笹塚女子學院國中部的Student！」

「重、重點不在這裡好不好？而且我本來又不知道校名！只是隱約知道大概在笹塚那一帶……」

「你給我Shut u——p！我看你這小子，一定是早上對戰完就偷偷跟蹤她吧！你這色烏鴉一定是偷偷搭上跟綸同一班巴士，一路跟到她學校去吧！」

「這、這樣我會遲到好不好！」

「你這小子少囉唆，你遲到跟綸，是哪一個比較Important啊！」

「我……我總覺得這吐槽怪怪的！」

「好了，你們再不收斂點，我可要讓你們痛痛囉？」

兩人應聲恢復原來的狀態（Ash更從盤腿改成跪坐），楓子就先面向春雪說：

「鴉同學，難得得到情報卻沒能充分利用，的確是應該反省的過失。但我誤判了Magenta Scissor的計畫，也一樣有錯。她不是只挑能夠入侵校內網路的校慶，還冒著被挑戰的危險，透過正規對戰來試圖散播套件，這是我和Lotus都沒能料到的。如果真要做到萬無一失，其實我明明也有另一個選擇，就是在問題解決之前都禁止綸連上全球網路……」

天藍色的虛擬角色懊惱地瞇起雙眼，跪坐在春雪身旁的Ash就猛力搖著骷髏面罩的安全帽。

「不對，師父，不是這樣！為了保護自己切斷網路，從加速世界Run away，問題也Never得到解決……這件事是師父、Lotus師伯，還有這隻臭烏鴉教會我的！」

Ash的台詞出乎春雪意料之外，讓他嚇得有點退縮，楓子也緩緩眨了眨眼睛。

「咦……是、是我喔？」

「我也想不起我什麼時候教過你這個了。」

「Yes I do！不是用Word，是用Life……Life……喂烏鴉，『生存方式』的英文怎麼說？」

被Ash臉湊過來小聲這麼問，春雪不由得陷入思索：

「呃、呃……Lifestyle……好像不太對……你指的是人生走的道路，所以是Way……Way of life對嗎？」

「I got it！我就是從你們的Way of life學到的！」

儘管Ash說話的情緒起伏實在太劇烈，但春雪仍然能夠從感覺上理解他想表達的意思。

初代黑暗星雲瓦解後，黑雪公主切斷全球網路連線，從加速世界消失兩年之久；楓子也離開對戰，隱居到旁人難以接近的東京鐵塔遺址頂端。但她們兩人都打破了這停滯的世界之牆，往外踏出了一步，為的是再度讓自己加速。

雖然不知道Ash為什麼把春雪的名字也列進去，但春雪決定先不管這個問題，點點頭說：

「說得也是……就算對戰打輸，暫時失去了一些東西，也只要再找回來就好了。Ash兄也是一樣，雖然被ＩＳＳ套件寄生，但還是像這樣完全復活了。綸同學昏倒的時候，我真的不知道該怎麼辦才好，可是這樣一來……就終於可以放心……」

但他一番話說到這裡，發現Ash與Raker的態度仍然嚴肅，話也就說得越來越慢。

「……請問一下……這樣一來，Ash兄和綸同學應該就沒事了吧？因為ＩＳＳ套件不是寄生在Ash兄本體，而是寄生在機車……強化外裝上，剛才套件已經連著整輛機車被師父完全破壞了……」

「我說啊，Crow，Sorry讓你空歡喜一場……其實問題就是在這個環節上啊。」

「……這、這話怎麼說……？」

楓子以平靜的聲調，對在銀色面罩下瞪大雙眼的春雪解釋：

「鴉同學，強化外裝即使在對戰中完全遭到破壞，到了下次對戰又會恢復原狀，不是嗎？也就是說，我們可以預測Ash只要再對戰一次，到時候又會變成剛剛的模樣……也就是變回又被寄生機車融合的狀態。潛伏在神經連結裝置裡的ＩＳＳ套件，還沒有消失。」

「咦……那，那對綸同學的精神干涉也……」

「在這場對戰結束後，也會繼續進行。我們最好這樣判斷……」

「怎、怎麼會……！」

春雪一口氣喘不過來，凝視視野上方的倒數計時。剩下的時間約有六百秒，也就是說……等這些時間過去，楓子好不容易破壞的套件又會重生，Ash又會變成那可怕的模樣了？

「既然這樣……那我們趕快淨化吧！就去拜託小梅或Bell，看是要把套件燒掉還是還原成封印卡狀態，這樣一來精神干涉應該就會結束了！」

春雪說得起勁，但楓子這次仍然不點頭。

「很遺憾的……我們不得不判斷這個方法也很難成功。不管是要用Maiden的『淨化之火』還是Bell的『時間回溯』，要把ＩＳＳ套件從裝備者身上分離，應該都需要有抗拒力量誘惑的意志，要有著足以抵銷套件本身負面心念的堅定意志。」

「這不成問題！Ash兄怎麼可能輸給那種鬼套件？像現在他也好端端的，就跟本來的Ash兄一樣……」

春雪說得上身前傾，Ash以戴著皮手套的手輕輕把他的肩膀往回推。

「……不好意思，Crow，你有這心意我也很高興……可是我剛剛不是說過，問題就在那個眼球是寄生在強化外裝上嗎？你聽好了……機車是我的分身，可是啊，機車本身沒有意識，沒辦法產生足以抗拒ＩＳＳ套件的所謂心念力……」

「就是這麼回事。我想……不，可以肯定不管嘗試淨化或回溯，應該都沒有辦法把機車和套件分離。然而機車和Ash卻會透過想像操作體系而緊密連結，所以精神干涉還是會發生。如果Magenta是意圖製造這樣的狀況，才把套件植入機車而非Ash身上……那她真的是個非常可怕的對手。」

「既、既然這樣，那只要Ash兄也透過想像操作體系，把意志傳導到機車上……」

但春雪說到這裡，才總算想起一個重要的資訊。

這並不是他第一次看到「寄生在強化外裝上的ＩＳＳ套件」。大約十天前，從Magenta Scissor手上拿到套件而裝備上去的拓武──Cyan Pile，紅色眼球也不是寄生在基本寄生位置的胸口，而是在他右手的強化外裝「打樁機」上。

當春雪問到有沒有辦法用千百合的「香櫞鐘聲Ⅱ」消除套件，拓武就否定了這個可能。當時他說的理由，是套件本身會以心念之力拒絕分離……但說不定拓武也感覺到了。感覺到一旦無異於自己分身的強化外裝遭到套件侵蝕，就會比寄生在本體的情形更難分離。

Ash深深垂頭喪氣，彷彿要證實春雪的想法。

「……這場對戰開打的時候，我就在機車上拚命想拿回支配權。可是啊……一旦進入戰鬥，那些像是套件意志的東西就排山倒海地灌過來，我幾乎當場就昏了過去……一直到師父救出我，我才醒了過來。該怎麼說……Olive他們被套件寄生的時候，不就有那種套件在干涉他們自己意識的感覺嗎？可是我的情形不一樣，怎麼想都覺得套件……應該說被套件寄生的機車，是靠自己的意思在動。我沒修練過心念系統，要我從那種東西手中搶回支配權，老實說實在有點強人所難啊……」

「……你這一說我就想起……寄生在Pile強化外裝上的套件，也曾經憑自己的意思，想把複製體寄生到我身上。當時也是沒辦法用香櫞鐘聲倒轉，結果……」

春雪說得消沉，卻從自己的話裡找到了下一個解決法，猛然抬起頭說：

「對、對了！就算是被寄生在強化外裝上，只要用那個方法……直接在『BRAIN BURST』中央伺服器裡，直接攻擊正在進行平行處理的ＩＳＳ套件，應該就有辦法消滅套件！我、我今晚就跟綸同學直連著一起睡！然後入侵中央伺服器，破壞套件……」

春雪說到這裡才自覺到自己在說什麼，趕緊猛搖雙手跟頭：

「不、不不、不是這樣的大哥！我我我完全不是這個意思……」

「誰是你大哥啦Giga su——ck！」

Ash嚷了一聲，用力舉起左拳……

在縮起脖子地春雪右肩上輕輕一放。

「咦？這、這個……」

「……該怎麼說，我就先說聲Thank you啦，Crow。謝謝你為了我妹妹……為了綸她這麼地拚命。」

「……A、Ash兄……」

「可是啊……不好意思，已經Time up了。ＩＳＳ套件的寄生進行得非常凶猛，實在沒辦法撐到今晚……我也想過乾脆消滅機車本身，可是這也沒那麼簡單。要消滅強化外裝，就只能用直連對戰的方式讓渡給其他超頻連線者，再不然就是到無限制空間的商店賣掉，可是這樣不會讓機車真的消失。不但對綸的精神干涉會繼續進行，一個弄不好，甚至還可能會讓更多人受害。」

「怎……怎麼這樣……」

春雪說不出話來。

Ash把放棄機車這句話說得輕描淡寫，但他不可能對這太過沉重的意義沒有自覺。Ash Roller這個超頻連線者，幾乎把所有點數都灌注在作為強化外裝的美式機車上，一旦失去機車，可不是戰鬥力減半這麼簡單。今後別說升級，相信連維持點數都會難如登天。

然而……

Ash Roller的覺悟……他為妹妹日下部綸著想的心意，遠遠超出春雪的想像。

Ash的手仍然放在Silver Crow右肩，以春雪從不曾聽過的平靜聲調說了：

「可是啊，Crow……還是有唯一一個方法，可以去除綸的痛苦。有一個方法可以完全消除神經連結裝置裡的ＩＳＳ套件，結束精神干涉。」

「……是、什麼方法……」

「就是我消失。我現在就在這裡從長城脫團，請師父准許我加入黑暗星雲。然後在下次對戰裡，承受黑之王的『處決攻擊（Judgement Blow）』。這樣一來，我這個超頻連線者就會消失，和ＩＳＳ套件一起消失，沒錯吧……」

Ash閉上嘴後，春雪仍然好一陣子反應不過來。

過了一會兒，春雪才慢慢搖頭。一次又一次，一心一意地搖著頭。他一邊搖頭，一邊從喉嚨擠出沙啞到了極點的聲音。

「……不行。不可以這樣。Ash兄在十天前，不就對跟『災禍之鎧』同化的我說過嗎？你叫我不要死心，要撐到最後關頭……要我咬緊牙關抵抗到最後。所以我才能撐過來，才能像這樣回到大家面前。可是你……你……」

「啊啊……的確有過這回事啊。我也……如果這是我一個人的問題，也許我也會這麼做。

也許我會覺得哪怕寄生繼續進行，讓我比剛才更亂來，也只要結果沒事就ＯＫ。可是啊……綸她……」

Ash先頓了頓，抬起之前一直朝向地面的臉，隔著骷髏造型的面罩直視春雪。

「……要是綸因為受到套件的精神干涉，對周遭的人……Crow，尤其是對你，說出什麼傷人的話，哪怕只有一次，她都會再也振作不起來。就算後來成功地只淨化掉套件，相信她也絕對不會原諒自己。她會一再自責，一再哭泣……我不想看到那樣的綸。而且……綸自己的意思，也是想在一切都太遲之前做個了斷。她就是懷著這樣的覺悟，來你學校的校慶。為的是把從很久以前就滿心期待的今天一整天，當成她身為超頻連線者最後的回憶……」

「……可是，可是，一旦她不再是超頻連線者，到時候……」

春雪發出像是從喉嚨深處費力擠出來的聲音。

「到時候……她和加速世界有關的記憶，全都會……」

「……對，你說得對。可是，只有今天的事，她一定不會忘記。今天她和你一起到處逛、充滿歡笑，玩得那麼盡興，這一天的記憶她一定不會忘。所以啊……Crow，不，春雪，請你再跟她當一次朋友。就算沒辦法對戰，應該還是有很多其他事情可以做……像是一起念書、一起去看機車賽。我話先說在前面，做哥哥的我只允許到這裡，Never允許你更進一步。」

Ash最後開玩笑地說完，春雪根本無法直視他的表情。因為春雪護目鏡下的雙眼不停溢出虛擬的水滴。

這一切都太突然了。他從未想像過會有這樣的結局。他和日下部綸認識還只有十天，還有那麼多話想跟她說，有那麼多事想問她，卻什麼都沒說，什麼都沒問。

不只是綸，Ash Roller是春雪當上超頻連線者以來第一次打輸，也是第一次打贏的對手。之後兩人展開無數次的對戰，互相磨練實力。他們既是分屬不同軍團的對手，也是追求同一個目標……都是想在追求速度的盡頭找到不同境界的同志。

這樣的綸和Ash同時離開，是春雪絕對不能接受的。他以溺水的人抓住浮木般的心情，朝幾步外坐在輪椅上的Sky Raker看了一眼。

這位同時是Ash與Crow師父的超頻連線者仍然閉著嘴，靜靜地回望春雪。她那雙晚霞色的鏡頭眼既像是要春雪死心，又像在等待他奮起。

春雪覺得兩個猜測都對。楓子是在逼春雪選擇。楓子要他選擇乖乖對Ash的話點頭，接受永遠的離別；或是在這種狀況下仍然抬起頭，想辦法找出飛向天空的路。

春雪用力眨了眨眼睛，揮開淚水，仰望奇祭場地的夜空。

或許是先前大爆炸的餘韻尚未消失，厚重的雲層有著小小的縫隙，從中可以看到唯一一顆小小的星星在發光。雖然知道不可能，但春雪就是覺得他過去多次陷入絕望深淵，每次仰望夜空時看到的就是這一顆星星。

春雪用左手握住Ash放在他右肩的手，拉到雙方面前用力握住。

「Ash兄，還有……還有一條奮戰的路可以選。還有唯一一個方法，可以把ＩＳＳ套件從機車中消滅，立刻斬斷套件對綸的精神干涉。」

「……」

Ash Roller默默等春雪說下去，春雪雙眼灌注全身每一分力氣，看著他說：

「就是斬斷連鎖的源頭。破壞位於無限制空間裡東京中城大樓的ＩＳＳ套件本體。現在，馬上就去。」

9

「……說得好，鴉同學。」

春雪一回到現實世界，就在耳邊聽到楓子這句輕聲細語，他還來不及回答，直連線就被她從脖子上拔掉。春雪也趕緊伸手，把傳輸線從躺在床上閉著眼睛的綸脖子上拔掉。剛把線收進背包，圍住病床的白色隔間簾就被人迅速拉開。

「抱歉抱歉，我來晚了。我看一下她的生命徵象數據。」

這位身穿白袍，作風俐落的女性，就是保健醫師堀田三都。她說完就用手指在空中比劃幾下，用無線連線的方式，從綸的神經連結裝置抽出體溫、脈搏的監控數據，微微皺起眉頭。

「她有點發燒，但其他數值都在正常範圍。是不是在校慶玩得太興奮了？我們就讓她休息一下，再觀察看看吧。」

這個診斷結果讓春雪微微鬆了一口氣。他們已經很清楚綸昏倒的理由既不是感冒，也不是吃太飽，所以一旦現在鬧到要叫救護車，事態就會弄得更加複雜。

楓子趁著堀田老師說她馬上去拿口服脫水補充液，因而走向位於保健室角落的冰箱時，在春雪耳邊說：

「由我來跟黛同學他們大家解釋，你多陪著綸一會兒。等行動方針決定了，我會馬上寄郵件通知你。」

「好的……麻煩師父了。」

春雪朝她一鞠躬，接著對站在隔間簾外一臉擔心表情的拓武也微微點頭。楓子一瞬間用力握了握綸的手，接著倏地起身，催拓武走向出口。他們前腳剛走，堀田老師後腳就踏進來。她把瓶裝的補充液交給春雪，露出神祕的淡淡微笑之後，也回到離他們有一段距離的辦公桌前。

春雪先扶綸坐起，再轉開瓶蓋。瓶子內建的吸管自動伸出，於是將吸管送到綸的嘴邊。

綸慢慢喝了幾口微冰的液體，輕輕呼出一口氣，看了春雪一眼。

現在綸還記得在奇祭場地展開的戰鬥，以及他們談過的話。Ash Roller——她的兄長日下部輪太說了些什麼，春雪又下了什麼決心，這些都不必重新對她說明。

所以春雪只看著綸那帶著幾分灰色的眼睛，簡短地輕聲對她說：

「不用擔心。這次，換我來救妳。」

綸聽了後微微低頭，慢慢閉上眼睛。睫毛上有著小小的水滴閃閃發光。

「……對不起……我……」

她道歉的理由，多半是為了自己被ＩＳＳ套件寄生，以及隱瞞這件事跑來參加今天的校慶。春雪探出上半身，頻頻搖頭說：

「日下部同學沒什麼好道歉的。其實，都該怪我……怪我太粗心……」

但接下來的話他已經在對戰場地中說過，於是硬吞了回去，改口說：

「……我一定會消滅那玩意的源頭。到時候，我們再一起逛校慶。」

綸低著頭好一會兒，接著抬起頭來，儘管顯得難受，仍然露出確切的笑容。她一邊點頭一邊發出的聲音，以令人哀切的清澈迴盪在春雪的聽覺之中。

「……好的。」

春雪用力點點頭回應，把補充液的瓶子放到床邊的小桌上，再讓綸躺回床上。先幫她把毯子蓋到肩膀，才起身離開床邊。

春雪拉上白色隔間簾，走到在辦公桌上敲著鍵盤的堀田老師身前對她說：

「老師，我有點事要辦，馬上就回來，日下部同學就麻煩老師照顧了。」

保健醫師把視線從投影視窗上拉起，再度笑嘻嘻地說：

「了解……那，她來這裡的事，是不是該瞞著學生會副會長比較好？」

「噗……」

春雪背脊一僵，這才知道堀田老師那耐人尋味的微笑是什麼意思。上上週的星期四，春雪在體育課上太拚命而昏倒，被抬到保健室內來，當時學生會副會長黑雪公主就來這裡陪著他，這件事被堀田老師知道得清清楚楚——不但清楚，還幫忙在黑雪公主捏造的保健委員代理證明上簽名。

春雪本想說：「就就就請老師幫忙保密了」但還是克制住自己，回答：

「不、不用，沒有問題。」

保健醫師聽了後再度微笑，說道：

「很好。那你去吧。」

一來到走廊，視野中就亮起顯示收到純文字郵件的圖示。按下圖示之後，看到寄件人不是楓子而是黑雪公主，忍不住先左右張望，但當然看不到她本人。打開郵件一看，上面只寫著一行字：【我們在學生會室等你】，並未說明所有團員加上仁子與Pard小姐的討論結果如何。

老實說，春雪不認為大家有這麼簡單就贊成他立刻破壞ＩＳＳ套件本體的決心。畢竟在藏著套件本體的無限制中立空間東京中城大樓上，有著神獸級公敵大天使梅丹佐這個可怕的敵人在把守。先前聽說實際的攻略計畫將在今後舉辦的七王會議上慎重討論。以不到十個人的人數，去挑戰加速世界裡除「四神」之外最強的存在，已經不只是困難，而是有勇無謀。

換做是以前的春雪，多半已經鑽起牛角尖覺得要是眾人反對，就算只有他一個人也要去打。但現在他絲毫沒有這樣的念頭。即使春雪自暴自棄地展開特攻而陷入無限ＥＫ狀態，綸和

Ash也絕對不會高興。這場戰鬥不是為了赴死，是為了救人。跟他先前和鎧甲同化，只為了找到死得其所的地方而跑的那個時候不一樣。

——所以，要是遭到反對，就說出所有想說的話與所有心意來拜託大家，直到大家都了解這樣的作戰也許有勇無謀了點，但他認為絕非不可能。

春雪下了這樣的決心，同時小跑步穿過中央走廊，跑進第一校舍。

位於一樓西端的學生會室上了鎖，但一接近就自動開鎖。春雪深深吸一口氣，拉開門。

他踏進室內，剛伸手到身後關好門……

「Crow，你也太慢啦！」

仁子坐在沙發上坐翹起二郎腿，喊得十分囂張。

其他七個人——黑雪公主、楓子、謠、晶、拓武、千百合、Pard小姐，也都從沙發上轉過頭來，或是抬起頭來不約而同地望向春雪。

剛剛才下了那麼堅定的決心，一旦看到這群伙伴，卻遲遲不敢開口。他在門邊呆立不動，只能用力握緊雙手……

坐在仁子正對面的黑雪公主站起，露出溫和卻強而有力的微笑對他說：

「春雪，你呆呆站著做什麼？不是沒時間了嗎？快點坐下，我們已經準備好了。」

春雪一聽到劍之主的話，先前在腦子裡累積的話全都當場消散，只喊得出一句話：

「——好的！」

現實時間十分鐘，加速世界的七天。

這就是黑雪公主指定的「強制斷線保險」發動的時間——也就是可以花在這次作戰的時間上限。聽她說理由是能讓多達八個人安全連線的唯一地點——學生會室，只有十二點十五分到三十分的這段時間可以讓他們獨占。前五分鐘用於在現實世界進行簡報，所以剩下十分鐘才是實際的作戰時間。

「不好意思啊，春雪。畢竟校慶正忙著，這裡只有學生會成員去吃午餐的時候會空著。」

聽黑雪公主這麼道歉，春雪趕緊從沙發上站起，雙手亂搖地說：

「哪裡，有七天就已經太夠了。像我上次和四埜宮學妹進行禁城逃脫作戰的時候，目標時間根本就只有兩小時。」

「沒錯沒錯！當時我都已經等得變成奶油，要是等上七天，根本會變成起司。」

座位緊鄰春雪右側的千百合發出開朗的聲音，坐在更裡面的拓武就正經八百地指出錯誤：

「小千，奶油放再久也不會變成起司。而且要變成奶油，應該也不是等得不耐煩，是高速旋轉的時候吧？」

「那下次我就把Radio那傢伙轉個過癮試試看吧？雖然就算他變成奶油，我也會全力拒絕吃掉。」

仁子雙手交握在腦後，由衷厭惡地這麼一說，眾人就發出了爽朗的笑聲。

當笑聲停歇，坐在春雪對面的楓子就鄭重表情說：

「我也覺得時間很充分，但這次作戰的執行上有個很大的問題。由於推測ISS套件位於無限制中立空間內的東京中城大樓，我們當然也就得連到『上層』……」

「啊……」

一聽到這裡，春雪不由得發出驚呼。既然提議要立刻攻略中城大樓，他就非得先想到這一點不可。他應該要先想到在場的八個人之中，有唯一一個超頻連線者因為等級上的理由與另一個理由，無法進入無限制空間。

春雪一瞬間望向坐在楓子身旁的冰見晶，望向等級只有1級，而且在禁城身陷「無線EK」狀態的Aqua Current，立刻又將視線拉回到桌上。

「對……對不起，可倫姊……我滿腦子都只想著ISS套件的事……」

「你不必道歉。」

晶平靜地這麼回答，一邊依序望向沉默不語的眾人一邊說下去：

「請大家不要在意我，現在應該專心去做該做的事。不能協助大家進行重要的作戰，的確非常遺憾……但我至少能在這裡拚命祈求大家贏得勝利。」

「……可倫……」

黑雪公主喃喃叫了她一聲，咬緊了嘴唇。

令人意外的是，打破這陣沉重寂靜的，竟然是坐在晶右邊的Pard小姐。而她說出的話，也同樣出乎春雪意料之外。

「這個選擇不像晶的作風。」

「……」

晶默默望向身旁，Pard小姐則直視著她的眼睛。她們兩人之間應該沒有直接的接點，但春雪仍然再度意識到她們兩人有著某種共通的氣息。

「水要一直流動才是水。停滯不適合晶。」

「……那喵喵，妳是要我怎麼做？」

晶平靜地反問，Pard小姐維持與平常無異的鎮定表情，提出了一個誰也沒想到的提議。

「只要現在就從『無限ＥＫ』脫身，然後直接去參加梅丹佐攻略戰就好。有整整七天，時間足夠連續執行兩項作戰。而且憑我們的陣容，戰力上也夠了。」

「可、可是……」

這個剛開口又閉上嘴的人是黑雪公主。但黑之王也只停頓了一瞬間，接著露出堅毅的表情，對隔著茶几坐在正面的仁子問說：

「……紅之王，這樣好嗎？老實說，Leopard的提議對我們而言是求之不得。畢竟比起只靠黑暗星雲的人員進行救出作戰，成功率應該會大大提升，然而這個任務仍然極為困難。一旦參加作戰，可能就會受到青龍的猛攻而死亡或被吸收等級不止一次……最糟的情形下，甚至可能陷入和可倫一樣的無限ＥＫ狀態。日珥的幹部Blood Leopard與首領Scarlet Rain要承擔這樣的風險……？」

黑雪公主說完後，仁子仍然靠在沙發上翹著腳，好一陣子不說話。但幾秒鐘後，她搖了搖綁在兩邊的頭髮，點頭說：

「算了，只有這次我也不能說ＮＯ。畢竟Pard一直到今天都不升級，就是為了這件事。」

「咦，這……這話，怎麼說……」

春雪太過震驚而驚呼。

Pard小姐資歷相當深，卻只有6級，只比春雪、拓武與千百合高出一級，的確讓春雪一直覺得不可思議。以前他對仁子問起理由時，仁子顧左右而言他，但春雪記得聽她的口氣，似乎和Pard小姐的老對手Sky Raker有關。

若說理由其實不是為了Raker，而是和Aqua Current有關，那就表示Pard小姐和可倫之間，有著不只是好對手的密切關係……

「啊……難道說……不過，不對，對喔……原來是這樣啊……」

春雪啞口無言，身旁的千百合則獨自發出想通了似的聲音，讓春雪忍不住小聲問她說：

「喂、喂，什麼叫做『對喔』？」

「不告訴你。等作戰結束，你一定會知道。」

春雪從過去的經驗，知道既然這位兒時玩伴一臉不在乎的模樣這麼說，再問下去也是枉然。春雪無奈地放棄追問，黑雪公主就再度發言：

「離連線開始時間還剩下一分三十秒，差不多該決定行動方針了——Rain，還有Leopard，妳們提議協助我們進行Aqua Current，我們就恭敬不如從命……可倫也沒有異議吧？」

聽軍團長問起，晶仍然低著頭顯得還有些猶豫，但隨即抬起頭，以認真的表情點點頭說：

「這件事反而應該由我來拜託大家說。雖然兩年半來，我一直在封閉的圈裡繞行……但再度朝遠方流動的時刻來臨，讓我現在非常高興……請大家助我一臂之力。」

晶深深低頭，坐在楓子左邊一直保持沉默的謠，就在空中迅速動了動手指。

【UI＞倫姊，絕對絕對不會有問題的。一切都會順利的。因為我們有能帶來幸運的鳥兒跟著！】

……哈哈哈，她是指小咕吧。

春雪正自行做出這樣的解讀，身旁的千百合就大聲說：

「那在作戰開始之前，我們可得把小春的虛擬角色漆成藍色才行啊！」

「咦……咦咦！是我喔？」

「想來應該可以增加飛在藍天時的偽裝效果啊。」

拓武的評語始終正經八百，讓春雪以外的所有人都再度露出笑容。

先進行一次正規對戰，討論完Aqua Current救出作戰的細節後，眾人就按照原訂計畫，在中午十二點二十分喊出「無線超頻」指令。

四天沒來的無限制中立空間，現在屬於令人懷念的「世紀末」屬性。梅鄉國中的運動場有著縱橫交錯的裂痕，生鏽的汽油桶細細燃燒。色彩五花八門的對戰虛擬角色背對火光排成一排的，春雪依序看了看他們。

黑之王「絕對切斷」Black Lotus。

黑暗星雲副團長兼風的「四大元素」、「鐵腕」Sky Raker。

火的「四大元素」、「劫火巫女」Ardor Maiden。

黑暗星雲旗下「時鐘魔女」Lime Bell。

同屬黑暗星雲旗下的Cyan Pile。

紅之王「不動要塞」Scarlet Rain。

日珥副團長兼「三獸士」之一的「血腥小貓（Bloody Kitty）」Blood Leopard。

說來理所當然，只有水的「四大元素」Aqua Current不在現場。按照計畫，她會比眾人晚一步，等到加速世界的三小時後才連線進來。她的「唯一的一」這個綽號，多半過了今天就會廢止。因為她為了再度進入無限制空間，已經花掉累積到今天的超頻點數，把等級升到4級。

春雪挺直腰桿，對在場的七個人深深一鞠躬，鄭重感謝他們願意贊成救助Ash Roller也就是日下部綸的作戰。

「……真的很謝謝大家。現在明明是校慶正熱鬧的時候……大家卻一句怨言都沒有就答應幫忙……尤其Rain和Pard小姐，跟Ash兄又沒有直接的利害關係……」

「給我等一下。在這之前，有一件事我要先問清楚……」

仁子甩啊甩的動著頭上伸出的兩根天線，插嘴問說：

「那個嬌滴滴小女生鬥氣多到滿出來的女人，真的就是長城那個Ash Roller的本尊？」

「嗯、嗯。她的情形有點複雜，該怎麼說呢，進了加速世界就會變成另一個人格……」

「是有些傢伙一到對戰就會變得像另一個人啦，可是再怎麼說她也變得太誇張了吧！」

春雪覺得她的感想很有道理，但又煩惱著不知道該把綸和輪太的情形透露多少，侍立在仁子身邊的Pard小姐就說了：

「可是她對往年的機車車種很熟。」

「對喔，妳們在Crow的班級展示那邊就在比猜車種啊。妳覺得跟她可以變成好朋友？」

聽主子這麼問，豹毫不猶豫地點了點頭。

「Y（Yes）。已經是了。」

「那跟我們也就有利害關係了……就這麼回事。Crow，作戰開始以後，你可別莫名其妙跟我和Pard客氣啊！」

「Rain……Pard小姐……」

春雪只覺滿腔感動，只能呼喊她們的名字，但楓子卻讓輪椅無聲前進一段距離，起身深深一鞠躬：

「我也要謝謝兩位。謝謝妳，紅之王……還有Leopard。」

看樣子仁子她們不但知道綸就是Ash Roller的本尊，也知道她的「上輩」就是Sky Raker。Pard小姐點頭回應，難得多說了幾句話。

「NP。對我來說，『上下輩』的情誼，就和與軍團長或好對手的情誼一樣重要。」

春雪聽到她這麼說，忽然想到一件事。Pard小姐說的軍團長，指的當然是仁子，而好對手則多半是以前對戰時打得難分難解的Raker。那麼「上輩」到底是指誰呢？

但就在這時，Raker再度對紅色軍團的兩人低頭，接著整個身體轉過來面向春雪。

「鴉同學，我也得向你道謝……真的很謝謝你為了他們兄妹，下定決心奮戰。」

「哪……哪裡！不管是綸同學還是Ash兄，都是我重要的朋友……」

春雪連連搖頭，接著深深吸一口氣，補充說道：

「……這句話就請師父留到我們打倒梅丹佐，衝進中城大樓破壞ＩＳＳ套件本體之後再說！」

「嗯，Crow，說得好！」

這堅毅的嗓音當然來自黑雪公主。她同樣上前來到春雪身旁，以右手劍銳利地劈開空氣。

「這次作戰事出突然，所以事前準備與進攻人員的確都有些不足，但應該也因此而能找出不同的勝機。因為既然『四眼』是加速研究社成員的嫌疑極為濃厚，我們就應該想到今後進行的七王會議相關情報都會洩漏出去……但即使加速研究社再怎麼神通廣大，應該也料不到我們會在這個時機攻略中城大樓。也就是說……」

她說到這裡先頓了頓，劍尖指向東南方的天空……

「敵人只有梅丹佐一個。只要能夠排除這隻神獸級公敵，想必我們的刀就能砍到ＩＳＳ套件本體！」

說著咻的一聲揮劍下劈，才微微轉身，改以左手劍指向正東方。

「執行作戰的過程中，『四大元素』Aqua Current的力量與才智，應該都會帶來很大的幫助。因此我們要先把可倫從四神青龍的巢穴救回來。這個強敵比梅丹佐更強大，但我們不必打倒牠。我確信只要在場成員同心協力，就能夠在沒有更多人員受困的情形下救出她……這次任務中我們將連續進行大規模的作戰，但為了毀掉研究社的陰謀，斬斷侵蝕加速世界的禍根……期待各位努力奮戰！」

黑雪公主毅然決然的宣言，讓黑暗星雲的所有團員齊聲舉起右手大聲應和，日珥的兩個人則稍微慢了一步。

春雪放下手，燃燒鬥志入列。仁子就湊到他身旁，踮高腳尖小聲問說：

「我說啊，你們軍團每次作戰前都要搞成那樣嗎？」

「咦……嗯、嗯，差不多都是這樣……」

「是、是嗎……沒事，什麼事都沒有……」

春雪看著雙手抱胸沉吟的仁子，歪著頭納悶了好一會兒，忽然想到一件事，問她說：

「對了，世紀末屬性下的電車會開嗎？」

「N。幾乎所有路線都壞了。」

在仁子身後回答的人是Pard小姐。她以視線問春雪為何這麼問，春雪就搔了搔安全帽的側面解釋：

「沒有，我是想說這裡離禁城東門所在的丸之內還挺遠的，要怎麼移動過去……畢竟用走的會很花時間。」

一聽到這句話，眼前的仁子就讓一對鏡頭眼精光暴現。等到春雪覺得有種不祥的預感，火紅的小型虛擬角色已經用雙手抱住他說：

「大哥哥！這次你一定肯只抱著我飛吧！因為我是特別來賓嘛！」

「不、不不，這，呃。」

「喂妳這紅色的小鬼！剛剛明明才叫他不要對妳有特別待遇！」

黑雪公主凶人的聲音突然從正後方響起，春雪自然只能當場定格。

「而且人員已經夠少了，只有妳和Crow先飛過去又有什麼用！」

「真沒辦法啊。那看來這次也是一樣，只能請大哥哥把所有人載過去囉！」

「咦、咦咦咦！不、不不不不這太強人所難了，七個人我真的沒辦法！」

「啊哈哈，跟你開玩笑的啦！」

仁子說到這裡就收起天使模式，放開春雪，蹦蹦跳跳地往後跳開。她猛然一轉頭，以聲調劇變的嗓音說：

「這是特別大優待，就由我當計程車載你們到丸之內，你們退開一點。」

「咦？好、好的……」

仁子說要當計程車，但她的本體是在場所有人中最小的，看起來頂多只搬得動Maiden一個人。相對的要是把強化外裝全部架設出來，就會變成她的綽號「不動要塞」，尺寸固然遽增，機動力卻會幾乎趨近於零。

春雪以下的黑色軍團六名團員都不約而同地歪了歪頭，只有Pard若無其事地拉開距離，於是眾人也都依樣畫葫蘆退開。仁子獨自留在運動場正中央，倏然舉起右手大喊：

「『無敵號』著裝！」

緊接著就有一道紅色的光柱，籠罩住她小小的身體。空氣發出沉重的震動聲，巨大的物件紛紛在她四周的空間化為實體。

當仁子的本體飄上飛彈發射器、機砲貨櫃、左右主砲、後方設有推進器的裝甲板、以及四隻巨大的腳等各個部位正中央的空間，緊接著所有武裝就在一陣更加劇烈的轟隆巨響中完成合體。合體後的威容不辱紅之王的威名，讓人不管看幾次都會被震懾住，但這種幾乎成了固定砲台的模樣，怎麼看都與計程車相距甚遠。

然而……

仁子置身於武裝貨櫃群的正中央，只讓鏡頭眼閃出光芒，又高聲喊出另一個語音指令：

「變形，『無畏號(Dreadnought)』！」

又是一陣撼動大地的重低音。

往四方張開的腳部開始旋轉，以兩前兩後的形式接合。原本架設在斜前方的機砲貨櫃挪動到前方，飛彈發射器收納到機砲貨櫃後方，最後面則收進了設有推進器的裝甲貨櫃。

左右兩門主砲貼緊在兩側，最後腳部貨櫃下方出現了合計十二個輪胎。出現在春雪眼前的已經不再是「固定砲台」，而是全長明顯超過十公尺的「大型武裝貨櫃車」。

春雪看得瞠目結舌，卻又心想原來如此。

這正是昨晚仁子說的「新的力量」。她維持住一定程度的火力，又得到了機動力，已經不再是不動要塞，而是「機動要塞（Mobile Fortress）」。

黑色軍團的六個人看得呆了，Pard小姐面向他們，用豎起大拇指的右手往後一指。接著無聲無息地跳躍，跳上高度將近三公尺的貨櫃車上。

春雪等人也先對看了一會兒，接著點點頭，陸續跳上車身。最後由春雪用翅膀抬起Raker坐的輪椅，在平坦的裝甲板上著地。車頂比從下面看上來的感覺寬廣得多，站著七個人也還綽綽有餘。

「……我還是覺得這不是計程車。」

謠小聲這麼一說，所有人都連連點頭。仁子坐鎮在貨櫃車前半部，顯得絲毫不介意這種吐槽，反而起勁地喊著：

「為了不撞見大隻的公敵或別軍團的超頻連線者，過了環狀七號線後我就要抄捷徑飆過去！你們可要站穩了！」

「我、我說啊，仁子。有沒有座位、安全帶，或者至少讓人抓的把手……」

「別說這種天真的話了，又不是計程車！好～～那我們就朝禁城……出～～發啦——！」

不知道放在哪個部位的引擎發出咆哮，巨大貨櫃車的十二個輪胎全都掀起了塵土，猛然往前開。轉眼之間就斜向穿出梅鄉國中的運動場，粉碎本是校慶標門的鋼架門，開到了道路上。

北上開了小小一段距離，仁子就使出恐怖的十二輪甩尾往右彎。一開上寬廣的青梅大道，就一路以恨不得粉碎柏油路面似的勢頭往東方暴衝。

春雪以前傾的姿勢抵抗加速，同時抬起頭，凝視正面的夜空。

儘管從遙遠的杉並區還看不見，但在前方的天空下，就有著由超級公敵把守的禁城，以及吞進了ＩＳＳ套件本體的東京中城大樓。

——可倫姊，以前妳救了我，今天就換我來回報這份恩情。

——Ash兄、日下部同學，你們再忍耐一下。

——我們會讓這一切結束，會去消滅折磨綸同學的東西。

「……我一定說到做到！」

春雪低聲一吼，用力握緊了右拳。

學會「光學傳導」的證明——從下臂裝甲下微微露出的導光水晶，匯集了朦朧的夜光閃出光芒。

（待續）

後記

謝謝各位讀者看完本書《加速世界13 灘頭的號砲》。

副標題是取自在界線邊緣升起的狼煙。也就是說，終於升起反擊的狼煙，又拖到下一集了……「災禍之鎧」篇是6～9集，用了四集才寫完，所以我本來想說至少要在三集以內把「梅丹佐攻略」篇寫完，結果還是一樣寫成了四集。我是打算……不，我是說絕對不會寫成五集！我以我胸前閃閃發光的ＩＳＳ套件保證！

所以呢，本集中問題並沒有得到太多解決（反而還增加了），但在第10集的短篇作品「遠日的水聲」登場的「四大元素」之一Aqua Current終於回歸軍團。軍團的戰力終於又得到增強，讓我也鬆了一口氣。「1級」本來是我用以賦予這個角色血肉的成分之一，雖說是由於劇情需要，但就這麼乾脆地放下，說遺憾也是很遺憾（笑）。至於她為什麼長期維持1級當保鏢，希望在下一集能有機會描寫她的動機。

而在這一集裡還有一件事很重要，就是終於描寫出從相當久以前就只先預告了日期的梅鄉國中校慶。校慶的場面，我是以自己不太會用的「接二連三描寫發生的事情」這樣的方式去寫寫看，本來還有點擔心，所以我就請教編輯說「這樣的寫法不知道行不行……」結果得到的回答是：「這反而才是輕小說領域裡常見的寫法」，讓我覺得：「原來如此！」加速世界的女主角群也幾乎全員到齊（只是莫名地獨缺黑雪公主學姊……），如果能讓各位讀者看得愉快，就太令人欣慰了。

另外本書中段的領土戰場面，則有對戰虛擬角色設計稿徵求企畫所收到的讀者投稿作品，以敵方團隊隊員的身分登場。設計「Blazer Heart」的ウダ讀者、設計「Ochre Prison」的ユーノ讀者，還有設計「Peach Parasol」的裏表山貓讀者，非常謝謝你們！這些角色實際登場時，我對角色名稱和能力都做了小小的調整，還請多多見諒。

等到13集上市，二〇一三年也過了一個月以上，不知道各方面是不是都已經慢慢平靜下來。這篇後記是在二〇一二年十二月寫的，所以我一邊敲著鍵盤，一邊回想這熱力四射的一年。

加速世界的電視版動畫從四月開始播放，到九月結束，但如果把各式各樣的事前準備與會議，以及附帶的小規模原稿執筆工作等等都算進去，可說已經讓我有幸參與動畫版將近兩年之久。辛苦歸辛苦，但也有了很多收穫。今後我也希望能好好運用這些心得，想辦法寫出更好看的劇情。還請各位讀者在二〇一三年，對春雪與黑雪公主他們繼續給予支持與愛護！（註：文中所提皆為日本出書當時資訊）

二〇一二年十二月　川原 礫

Kadokawa Light Novels

Sword Art Online刀劍神域 1~10 待續

Kadokawa Fantastic Novels

作者：川原 礫　插畫：abec

為了到達統率央都的「公理教會」中樞，
桐人和尤吉歐立志成為「上級修劍士」！

桐人和尤吉歐結伴同行，前往央都「聖托利亞」成為「北聖托利亞帝立修劍學院」的「初等練士」。各自接受前輩索爾緹莉娜以及哥爾哥羅索的指導，朝著成為人界最強秩序執行者「整合騎士」的目標前進。壯大的虛擬世界物語再度展開！

各 **NT$190~260/HK$50~75**

台湾角川

©SATOSHI WAGAHARA 2012

Kadokawa Light Novels

打工吧！魔王大人 1~5 待續

Kadokawa Fantastic Novels

作者：和ヶ原聡司　插畫：029

第17屆電擊小說大賞〈銀賞〉得獎作
魔王城即將邁入數位電視的新時代！

修復完畢的魔王城居然變得能裝數位電視了！由於魔王一行人對家電都不熟悉，因此他們便邀請惠美的公司同事梨香，做為日本的社會人士代表一同前往大型電器賣場。然而在這段期間，惠美發現千穗竟然不省人事地躺在醫院裡──！

台湾角川

各 NT$200~220/HK$55~60

魔法科高中的劣等生7
橫濱騷亂篇＜下＞
The irregular at magic high school
佐島 勤
illustration/石田可奈
Kadokawa Fantastic Novels

Kadokawa Light Novels

驚爆危機 1~23（完）

Kadokawa Fantastic Novels

作者：賀東招二　插畫：四季童子

集合吧！同志們！
在肉墊的羈絆下奮戰吧!!

千鳥要等人抵達會場時，放眼望去都是斑斑鼠！其數量約三百隻!!與各式各樣的斑斑鼠們唔姆唔地交流也只是短暫的溫馨時光，突然間，三萬名暴徒揮舞釘棒與鐵管，大喊著「呀哈！」闖進來企圖壓制全場!?三萬人VS三百隻斑斑鼠的壯烈戰役就此展開──!!

台湾角川

各 NT$160~240/HK$45~68

HEAVY OBJECT
重裝武器
THE COMING OF THIRD GENERATION 迎向第三世代之路
6
鎌池和馬
KAZUMA KAMACHI
插畫 凪良 NAGIRYO
Kadokawa Fantastic Novels

國家圖書館出版品預行編目資料

加速世界. 13, 灘頭的號砲 / 川原礫作；邱鍾仁譯.
-- 初版. -- 臺北市：臺灣國際角川, 2013.08
面；　公分

譯自：アクセル・ワールド 13 水際の号火
ISBN 978-986-325-536-9(平裝)

861.57　　102012205

Kadokawa
Fantastic
Novels

加速世界 13
灘頭的號砲

（原著名：アクセル・ワールド13 ―水際の号火―）

2013年8月15日 初版第1刷發行
2022年3月28日 初版第6刷發行

作　　者：川原 礫
插　　畫：HIMA
日版設計：BEE-PEE
譯　　者：邱鍾仁

發 行 人：岩崎剛人
總 編 輯：蔡佩芬
副總編輯：朱哲成
美術設計：吳佳昫
印　　務：李明修（主任）、張加恩（主任）、張凱棋

發 行 所：台灣角川股份有限公司
地　　址：104台北市中山區松江路223號3樓
電　　話：（02）2515-3000
傳　　真：（02）2515-0033
網　　址：www.kadokawa.com.tw
劃撥帳戶：台灣角川股份有限公司
劃撥帳號：19487412
法律顧問：有澤法律事務所
製　　版：尚騰印刷事業有限公司
ＩＳＢＮ：978-986-325-536-9